久保田万太郎の俳句

naruse ōtōshi
成瀬櫻桃子

講談社文芸文庫

目次

第Ⅳ章　こでまりの花〈回想篇〉

久保田万太郎の俳句

第Ⅰ章　人生流寓　〈総論篇〉

俳人　久保田万太郎

久保田万太郎の句集は次のものがある。

＊『道芝』（昭和二年五月　俳書堂刊）
＊『もゝちどり』（昭和九年五月　文体社刊）
＊『わかれじも』（昭和十年五月　文体社刊）
＊『ゆきげがは』（昭和十一年八月　双雅房刊）
＊『久保田万太郎句集』（昭和十七年五月　三田文学出版部刊）
＊『これやこの』（昭和二十一年三月　生活社刊）
＊『春燈抄』（昭和二十二年十二月　木曜書房刊）
＊『冬三日月』（昭和二十七年三月　創元社　創元文庫刊）
＊『草の丈』（昭和二十七年十一月　創元社　創元文庫刊）
＊『流寓抄』（昭和三十三年十一月　文藝春秋新社刊）

＊『流寓抄以後』（昭和三十八年十二月　文藝春秋新社刊）
＊『久保田万太郎全句集』（昭和四十六年五月　中央公論社刊）
＊『こでまり抄』（平成三年九月　ふらんす堂刊）

このほか『万太郎・三汀互選句集』（文藝春秋新社）『久保田万太郎句集』（角川書店）『久保田万太郎集』（角川書店「現代俳句文学全集」第八巻）がある。

上掲の句集中、『これやこの』は冊子といってよい体裁であり『流寓抄以後』および、『久保田万太郎全句集』の二冊は、作者没後、安住敦らによって編まれたものである。『こでまり抄』は成瀬櫻桃子抽出のものである。

それぞれの句集の中には、それ以前の句を併載しているものもあるが、それらは再録のとき万太郎みずから推敲を加えていたり削ったものもあるので同巧句であっても、必ずしも全く同じではない。

『久保田万太郎全句集』は、版を重ねており現在流布している句集だが、これには季題別全俳句集の項があって万太郎が推敲したそれぞれの句の推移がわかり、万太郎俳句研究にとって最も便利なものである。

本稿においては、『久保田万太郎全句集』にすべて準拠し、鑑賞においては、出来るだけ既刊のものに採り上げていない句を多くするように心がけた。

奉公にゆく誰《たれ》彼《かれ》や海《ば》嬴《い》廻し

明治四十二年、作者二十歳の作。海嬴《ばい》というのは直径三センチメートル、高さ二〜三センチメートル程の巻貝のことで、その貝を象った鋳鉄の独楽《こま》をバケツの上に莫蓙を敷いて、中を凹ませたところで闘わせる子供の遊びが「海嬴廻し」である。東京の子供たちは訛ってベエゴマと呼んでいた。海嬴廻しを秋の季語としたのは、昔重陽（九月九日）の頃の遊びとしたことによるようだ。いずれにせよ、秋から冬にかけての子供の遊びとして下町の路地などで賑わったものである。

奉公という言葉は、いま言えば就職することだが、かつては年季《ねんき》奉公または丁稚《でっち》奉公と称して、一人前になるまでを約束して住込みで勤めることを言った。

上掲句は、少年たちが海嬴打ちに興じている状態を描き、彼らのそれぞれが、年を越して来春になれば西東に別れ別れになって奉公先に、ちりぢりになってゆく、と言っているのだ。遊びに興じている少年たちの上に、一抹の哀愁をただよわせて、版画の世界のような詩情をにじませている。

海嬴の子の廓《くるわ》ともりてわかれけり

同じときの句だ。廓は遊廓《ゆうかく》とも言って、遊女屋の集まっていた地域のことである。作者の生まれ育った東京浅草にほど近いところにあった吉原は特に有名な廓であった。

万太郎は、明治二十二年（一八八九）、東京浅草田原《たわら》町に生まれた。生家は袋物製造業であった。幼い頃から読書好きで十四歳の頃、すでにして『樋口一葉全集』を読破したという。

上掲句は一葉の「たけくらべ」の世界で、万太郎の育った時代にほかならない。俳句は十六歳の頃からつくりはじめ暮雨《ぼう》と号して、各所の運座《うんざ》（句会のこと）に出入りした。

——わたしが「俳句」といふものをつくり覚えたそも〳〵は中学三年のときである。誰に手ほどきされたともなく、みやう見真似、自分にたゞわけもなく十七文字をつらねて満足したにすぎない。（句集『道芝』自跋）

府立三中を中退した万太郎は、慶応義塾普通部を経て大学部予科に進み、三田俳句会に加わった。

さらに松根《まつね》東洋城《とうようじょう》（明十一年〜昭三十九年）の句会へ一週間に一、二度、通いつづけたのである。

——二十の春から二十三の秋まで、——といふことは慶応義塾普通部の五年の春から同じく大学予科二年の秋までゞある。——明治四十一年の三四月ごろから四十二年の十月ごろまでゞある。——その二年の間にあつて、わたしの俳諧生活はすゝむところまですゝんだ。昂騰するところまで昂騰した。飛翔するところまで飛翔し

た。――身を粉にくだいてわたしは精進した……（同前）

この東洋城の句会の仲間に飯田蛇笏《いいだだこつ》（明十八年～昭三十七年）・小杉余子・松浦爲王などがいた。万太郎の俳句の技《わざ》はこの時代に完成したといってよい。上掲句をはじめ初期の名句はこの時代の所産である。

年　の　暮　形《かた》　見《み》　に　帯　を　も　ら　ひ　け　り

大正五年（一九一六）、二十七歳の作。亡くなった人の所有品を、生前親しかった人たちに分けあたえる形見分《かたみわけ》の風習は、古くから行なわれ平安時代の文献には屢々そのことが書かれている。形見の品は故人への思慕をひときわ深め、ときに哀れをさそう。

掲出句は、形見を貰ったときが折もおり、年の暮れであったというのだから、何かしら、せっぱつまった気持ちにかき立てられる。わかりやすい内容でありながら、年の暮れという時の流れを強く感じる季節感を背景に、人の世の哀しきしきたりを対応させたところが巧みな句である。

――久保田氏の発句は季題並みに分ければ、（中略）所謂天文地理の句も大抵は人間を、――生活を、――下町の匂を漂はせてゐる。（中略）余人の発句よりも抒情詩的である。（中略）

久保田氏は下五字の中に「けり」を使ふことを好んでゐる。（中略）久保田氏の

発句は東京の生んだ「歎かひ」の発句である――（句集『道芝』序・芥川龍之介）

芥川龍之介のこの万太郎評は、さすが的を射ている。たしかに万太郎俳句には「や・かな」とともに代表的な切字である「けり」で詠嘆した句が、ずば抜けて多い。かつて万太郎門下の河原白朝は、この形を「頭重脚軽の快感」と評して心酔していた。

ところで掲出句における「帯」だが、和服を日常着としなくなった現在では、女帯と解されることが多いと思うが、必ずしもそうとは言えない。角帯（男帯）または兵児帯として見るほうが、作者の追悼の気持ちが硬質になってくる。そのほうが作者が浮かび出てくる。

春寒の帯をかんだに結びけり　（大七年）
やぶ入の一人で帯をしめにけり　（昭二年）
帯あげの朱あふるゝや松の内　（昭十年）
帯解きていでしつかれや螢かご　〃
秋扇たしかに帯にもどしけり　（昭十九年）
單帯かくまで胸のほそりけり　（昭二十一年）
しぐるゝやしめたる帯の土器茶《かはらけちゃ》　（昭二十二年）
帯涼しきりゝとしめて立稽古　（昭二十七年）
帯腰のいさぎよきかな秋立てり　（昭三十七年）

万太郎俳句にとって、帯はうってつけの小道具となっている。この他、羽織などは帯よりも数多く詠われている。それらは万太郎の生涯と時代において、いわば〝分身〟と言ってよいほど身近なものだったのである。

凍る夜の／帯をこぼる、／帯上げの
朱ヶの色こそ　しんきなれ／かたおもひ

いまも愛唱されている万太郎作詞の小唄である。くらべてみると小唄では豊かな「情緒」を句においては断ち切っていることがわかるであろう。

歳の暮という季題は万太郎の好んだものの一つであって、知られた句が多い。

かんざしの目方はかるや年の暮　（昭十九年）
またしても人のおちめや年の暮　（昭三十二年）

秋風や水に落ちたる空のいろ

大正十二年（一九二三）、作者三十四歳の作。なまじ解説などせぬほうがいいほどわかりやすい句である。俳句は本来そういうものなのである。わかりやすいために手がかりが無いという向きもあろう。そのために一言加えるとしたら「落ちたる」という措辞を注目すべきである。結果的には簡明だが、容易に言えぬことばだと思う。

「秋風」は古来から多用されているが、概念ないし雰囲気《ムード》の季題である。

味すぐるなまり豆腐や秋の風　（大十二年）

死ぬものも生きのこるものも秋の風　（昭十二年）

秋風のおとづれはやきなげきかな　（昭二十八年）

いずれも前書を除いて引用したが、前書によりひとしお、内容の思いは深くなる句である。万太郎俳句に「秋風」の句はきわめて多く五十余句もある。それは「俳句は即興的な抒情詩」と言っていた万太郎にとって、秋風という季題は、身辺即興を詠むに最も扱いやすかったからだと推察される。秋風という季語のもつ雰囲気《ムード》を、切字の技法で巧みに定着化を図っている。上掲第一句にしても、中七を「や」で劃然と切ることで「秋の風―味すぐる」と上五にフィードバックさせて句の循環効果と反響をつくり出しているのだ。ところで掲出句について、次の有名な詩のあることを考えてみよう。

わすれなぐさ　ウィルヘルム・アレント（上田敏訳）

ながれのきしのひともとは

みそらのいろのみづあさぎ

なみ　ことごとく　くちづけし

はた　ことごとく　わすれゆく

『海潮音』から引用した。句にくらべて詩のほうに感傷性が濃厚だという表現差はあるとしても、抒情性において源流は合一しているといえる。それ故、句の中七は「水に映りし」ではなく「水に落ちたる」でなければならないのである。さらに追求すれば「ことごとく　わすれゆく」は俳句では「落ちたる」で止揚させるしか術《て》はないのである。万太郎がこの句につけた「大地震のあと駒込のさる方に立退き半月あまりすごす。――夏、夢の間に去る」という前書が、それを証明している。

大地震とは関東大震災（大正十二年）のことだが、いま重要なことは「夢の間に去る」という前書だ。関東大震災は、それまでの東京の生活を、さらに人情までも一変させてしまった大災害である。万太郎の小説の代表作「春泥」「花冷え」は、同じく大震災後に生きる方途を失った役者を題材にしたものだが、まさに「夢の間に去る」人世の哀歓を衝いた作である。

『海潮音』は明治三十八年（一九〇五）に刊行され、大きな影響を及ぼした訳詩集である。文学的早熟であった万太郎が感銘しなかったはずはない。

　　した、かに水をうちたる夕ざくら

大正十五年（一九二六）の作。作者三十七歳。

「水打つ」「打水」という夏の季題があるが、この句の場合は「夕桜」が季題である。「……水をうちたる」で軽い切れとしている。とかく「……水をうちたり」と間違って暗誦されているが、おそらく作者も頭の中での初案は「うちけり」または「うちたり」であったろうと想像される。「うちたる」と軽い切れに改めたのは、句全体を、やわらかな抒情でまぶし上げるという配慮をしたためであろう。型の上では終止形「る」で切り、意味の上では連体形として夕桜にかけている。

「したたかに」は「健に」という漢字を当てているように「強く」あるいは「たくさんに」という意味の副詞である。「したたかもの」などといって日常語に使われている。

掲出句は夕桜の咲き満ちている周辺の地面に、たっぷり水を打ってあるという状景である。夕景の静ごころをにじみ出させており、作者の心境もまたひとときの「静ごころ」にあったことは疑いない。

ところで、この句の「した、か」が句全体を大きく、しめくくっていて、いわば見せどころであることは誰もうなずくだろう。万太郎俳句は、このように副詞を巧みに扱って、完璧にきわめつけているのが特徴となっている。

おもふさまふりてあがりし祭かな

春の月なまなか照りてかなしきよ

冬の灯のいきなりつきしあかるさよ

これらの作の「おもふさま」「なまなか」「いきなり」など、いずれも副詞だが、この措辞ゆえに、それぞれの句が際立っていることは、容易に理解できるところだ。

掲出句には「渡辺町といふところ」という前書があるが、関東大震災で焼け出された万太郎は大正十二年十一月、日暮里渡辺町に移り住んだのである。それまで浅草で育ち、いわゆる「下町」ばかりに住んでいた万太郎がはじめて住んだ山の手である。

この移住は、万太郎文学にとって、大きな転機となったとみていい。すぐ近くの田端には、芥川龍之介《あくたがわりゅうのすけ》（明二十五年〜昭二年）が住んでおり、しばしば訪ね合うようになったことで何より大きな影響を受け、万太郎俳句もまた、この頃を境として、それまでの、どちらかと言えば技巧優先に加えて、内容の陰翳と心境の襞《ひだ》を深めてゆくのである。一つには芥川が芭蕉に心酔しみずからも作句していたことに刺激を受けたのである。

これより前、万太郎は慶応在学中、二十二歳で小説「朝顔」が脚光を浴び、いちはやく文壇の寵児となった。そのため句作を一時中止した。再び句作のきっかけになったのは、劇壇との付き合いで句楽会に出るようになった二十七歳の時（大正五年）からである。別にもう一つのきっかけは、松根東洋城と確執のあった高浜虚子《たかはまきょし》（明七年〜昭三十四年）が小説の筆を折って、俳句に復帰し、東洋城の俳壇の座をおびやかしたからでもあった。

芥川龍之介佛大暑かな

前書に「昭和三年七月二十四日」とあるとおり、前年の同じ日に自殺した芥川に対する追懐の句である。作者三十九歳。芥川は東京府立第三中学校で万太郎の二級下で、年齢は万太郎のほうが三歳上であった。ことに大正十二年に万太郎が日暮里に移転してからは往来が頻繁であっただけに万太郎の追懐の気持ちはひとしおであったに違いない。

芥川は我鬼と号して大正五年頃より句作しており、芭蕉その他に関する評論も多い。

木がらしや目刺にのこる海のいろ　龍之介

咳ひとつ赤子のしたる夜寒かな　同

水洟や鼻の先だけ暮れ残る　同

没後刊行された『澄江堂句集』には、これらのような秀吟が多い。

大暑というのは二十四気節の一つで小暑のあと陽暦七月二十三日頃から立秋までの十五日間をいう。俳句の上では暦にこだわらず、非常な暑さという意味で使っても許される。掲出句は七月二十四日だから正に大暑といっていい。

兎も片耳垂るる大暑かな　龍之介

という句（大正十五年作）が、万太郎の脳裡には故人とともに思い出されていたに違いない。万太郎は慶弔句の名手と言われており、事実秀れた句が多いが、ことに龍之介に第一句集『道芝』の序を依頼しているほどの間柄であっただけに痛恨の極みであったろう。万太郎は、そうした面でいうと追悼の秀吟と引きかえに、つぎつぎに身近な人や親友を喪いつつ孤独の人生の深間に入っていったと評してもいい。

掲出句は全く叙述をしていない。龍之介と大暑とを衝合したのみである。それゆえに感動の反響が大きくなっているのだ。仮に「芥川龍之介偲ぶ大暑かな」としてくらべたら叙述否定の俳句精神が奈辺にあるか、納得出来るであろう。

芥川の忌日は、俳号に由来して「我鬼忌」さらに小説「河童」に因んで「河童忌」と呼ばれている。

河童忌や河童のかづく秋の草　（昭二十一年）

忌の句で思い出す有名な句がある。

鎌倉右大臣實朝の忌なりけり　尾崎迷堂

この句もまた一切の叙述を排しているが、歌人そして不運の宰相としての固有名詞のもつ内容が豊富である故に感動の喚起をうながしていると言ってよかろう。迷堂句は忌日を季題としていて、他の季物を借りていない点で万太郎俳句が、「大暑」「秋草」などを衝撃力として利用している点と違うのである。

一句二句三句四句五句枯野の句　（昭十七年）

いづれのおほんときにや日永かな　（昭二十六年）

河東ぶし御連中さま花の雨　（昭二十一年）

蒟蒻屋六兵衛和尚新茶かな　（昭三十一年）

万太郎俳句はこれらの例のように、表現の饒舌を否定しているのである。

芒の穂海の濃青をふくみけり

昭和十年、作者四十六歳の作である。

濃青は「こあお」で濃紫などと同じ読みである。目の前の穂芒の背景に遠景として海を広がらせている単純明快な句だ。それだけなら簡明な景の句になるわけだが、この句には青海原と芒の穂の接点として「ふくみ」という一語が置かれているのを注目すべきだ。

芒の穂は尾花とも言われるように、はらりと解けてふくらみをもっている。そのふくらみが海の濃青をふくんだというのである。海と芒と、静かな日ざしの下に一抹の哀愁をただよわしているのはほかならない「ふくみ」のもつ、あえかな情感のためである。

海鳴りのはるけき芒折りにけり　木下夕爾

万太郎門であった詩人木下夕爾の句だが、同じ海と芒とを題材としていながら、万太郎の哀愁と、夕爾とロマンとは対蹠的だ。「ふくみ」と「はるけき」のもつ情感を、二人がそれぞれそのときの心境の造形の手だてとして、巧みに駆使しているのを見落としてなるまい。

しらぎくの夕影ふくみそめしかな　（昭五年）

万太郎はここでも「ふくみ」を使っているが、「ふくみ」本来の意味が「心にものおもう」あるいは「心に忍ぶ」という主旨を考えてみると、万太郎俳句は「ふくみ」の俳句と称しても差支えはなかろう。

掲出句の前書「熱海に病む妻みまひての帰るさ」とあるのを改めて見ると、哀愁のよって来るゆえんにうなずけるというものだ。

万太郎は「句はさり気なく詠え」と教えていたが、さり気なき表現の内に大きな「ふくみ」を持たせよということである。

あきかぜの地にみつるとは芒かな　（昭二十五年）

夕月へ色うつりゆく芒かな　（昭二十九年）

たよるとはたよらるゝとは芒かな　（昭三十二年）

万太郎に芒の句は多い。

万太郎は大正八年、三十歳のとき、大場京と結婚し、大正十年に長男耕一をもうけている。その耕一が慶応普通部に通うことになったことと、万太郎自身、東京中央放送局の文芸課長に就任（昭和六年）したことなどのため、昭和九年、芝区（現港区）三田四国町に転居をした。万太郎は文壇、劇壇の仕事で、いよいよ多忙をきわめて来るが、妻の京はその頃よりいまでいうノイローゼが昂じてきたようである。そのはてに催眠薬を飲んで自殺を図ったのである。

昭和十年十一月十六日、妻死去

來る花も來る花も菊のみぞれつゝ

菊は万太郎の好んで詠った季題だ。慶弔句の名手と言われたみずからが、妻の追悼句をなさねばならなかったことは皮肉のきわみである。万太郎の人生と文学はこの頃を一つの節目として、いよいよ「ふくみ」の翳を深めてゆく。

時計屋の時計春の夜どれがほんと

昭和十三〜十七年（一九三八〜四二）作。

外国映画で、文字盤だけで針の無い時計が出てきた場面があったが、時の意識が空白化することは、なんとも不気味で、生命の意識の空白化と同じだろう。

この句は反対に、よく街なかで見かける時計屋の眺めだ。あちらでもこちらでもコチコチと、うるさいほどである。たしかに「どれがほんと」と唯一の真実というものが気になるわけだ。世の中はそのくらい「まやかし」や「似非《えせ》」が多いのである。

時計屋に沢山並んだ時計のあれこれは賑やかで微笑ましい。春の夜にふさわしかろう。

万太郎は「北風のくれたテーブル掛」その他、何篇かの童話を書いているが、この句の「時計屋の時計春の夜」までは童話的世界とみてもよかろう。「どれがほんと」はその延長の会話言葉として軽く解してもいいが、もう一歩踏み込んで鑑賞した場合、そこに万太郎が人生即時ないし、人世のことごとに「どれがほんと」という感想を洩らしているという解も成り立つ。

万太郎俳句としては、自身の持ち前の型を破り、リズムの踊っているもので珍しいと言っていい。ここで一句を引き合いに出してみよう。

退屈なガソリンガール柳の芽　　富安風生

風生と万太郎は「いとう句会」のメンバーとして、かねてから昵懇の間柄であった。風生の句もリズムの踊っているという点では、万太郎の句にひけをとらない。否、むしろ万太郎のほうが影響を受けていると言ってもよいかもしれない。

しかし、風生の句があくまでも客観に徹し切っているのに対して、「どれがほんと」には拘泥を感じるのである。万太郎の「反語」がひそんでいると感じられる。

なにがうそでなにがほんとの寒さかな　（昭二十四年）

何がうそでなにがほんとの露まろぶ　（昭三十年）

前の句は揮毫に残っている句で、後に「露まろぶ」と改めて発表されたものである。万太郎俳句にはよく見られる推敲だが、六年間も、あたためられていたわけだ。時計屋の句から計算すれば少なくとも十数年以上も抱きつづけていた「なにがほんと」の追求だといえる。

昭和十三年(一九三八)、万太郎は四十九歳になり、この年、七年間勤めた放送局を退職する。妻の死後は妹の小夜子と一人息子の三人暮らしをつづけている。

手摺まで闇の來てゐるひとりむし

うすものを著て前生《さきしやう》をおもひけり

馳けだして來て子の轉ぶ秋の暮

夕端居一人に堪へてゐたりけり

その頃の句であるが、いよいよ「私俳句」の傾向をたどったといえよう。昭和十七年、第四回「菊池寛賞」を贈られた。

ゆく春や鼻の大きなロシア人

昭和十七年(一九四二)、作者五十三歳の作。a音の配置がよく、ことのほかリズミカルな句である。そのため全体を、おおらかな気分にみちびいている。「鼻の大きな」といっているのは、そのロシア人の体の大柄なこと、さらに動作もどちらかといえば鈍重で大仰な感じを連想させている。小人国を旅行しているガリバーのようなロシア人の背景に、

「行春」という詩情たっぷりな時候の幕をしつらえた点に作者の俳句的演出が見られる。

　大柄なロシア人の表徴として「大きな鼻」に焦点を絞ったのは即興であるといえる。こう言い切られてみれば当り前のことかもしれない。しかし、作者はそのとき、とっさの間にそれを感じとったので、そのまま即興として表出したのである。いわば即興的感想なのである。万太郎俳句は極端に言えば、殆んどが、季節感（季題）に寄せた作者自身の感想であると評することが出来る。

　この句は万太郎が満州国（現、中華人民共和国東北地区）の招きで演劇関係の調査のため渡航したとき、ハルピンのロシア料理店でつくったものである。同時作に次の句がある。

　　パンにバタたっぷりつけて春惜む

　掲出句もこの句も、いずれもハルピンとか旅行吟ということを考えなくとも、日常吟として充分に成り立つ句といえる。

　行春という季題で、すぐ思い出す句がある。

　　行春やうしろ向けても京人形　　渡辺水巴

渡辺水巴《わたなべすいは》（明十五年～昭二十一年）の句で、昭和九年（一九三四）の作である。

　有名な〈白日はわが霊なりし落葉かな　水巴〉にくらべると、はるかに見劣りするのにどういうわけか知られている句だ。「うしろ向けても」に意識した技巧が見え過ぎる。万太郎句の場合は、「鼻の大きな」と印象のままを表出していながら、水巴句の中七と同様、句の重点になっている。

万太郎、水巴ともに東京生まれの俳人であり活躍した時代も重なり、面識のあったにもかかわらず、万太郎は、七歳年長の水巴について殆んど関心を示していない。わずかに「あの水巴一流の理想主義、浪漫主義」と評した一節がある。(「一傘雨雑談」)

これは、水巴が高浜虚子配下であったこともあろうが、何よりも「水巴一流の理想主義、浪漫主義」が万太郎の肯定し得ぬところであったためではなかろうか。

反転して言えば万太郎は、少しもその俳句において理想主義、浪漫主義を受容しなかったといえる。万太郎にとって俳句は「生きている日々の心おぼえ」あるいは「歎かい」「哀しみの襞、よろこびの翳」だったのである。

ゆく春の耳搔き耳になじみけり　(昭十八年)
ゆく春やなげのなさけのなみだばし　(昭二十五年)
ゆく春や雀かくるゝ樋の中　(昭三十五年)

万太郎の「ゆく春」の句から選んだ。

秋扇たしかに帯にもどしけり

昭和十九年(一九四四)、五十五歳の作。

しばし使った扇は、男女を問わず帯の間に挟み込むものである。それだけのことなら、日常茶飯に見かけることで、俳句として味わいは無い。この句の見どころは、単に「扇」ではなく「秋扇」であることと、「たしかに」帯に戻したという把握にある。「別れ扇」「扇の別れ」という言い方もあるように、ひと夏を身辺にともに過ごしてきた秋の扇ゆえに格別の愛着があり、哀愁をともなうのである。「たしかに」は万太郎得意の副詞強意で、「しかと」と同じような意味に使われている。そこに扇の主の、身じまいのよさ、いさぎよさが感じられるのである。一気に「けり」で詠い流したリズムが、さらにいさぎよさを助長していると言ってよかろう。

東京でよく言う「小股の切れあがった」諷詠なのである。下五、目いっぱいに文字を詰め込んだ「お引きずり」俳句と、いかに違うことか。

ところで、この句、例によって前書が付いている。「人にこたふ」という前書で、いわゆる前書にありがちの注釈的なものでない。聞こえるか聞こえないくらいの、万太郎がボソリとつぶやいているような前書だ。

そうしてみると、この句は万太郎が「たしかに何かをもどした」と言明しているようにも思われる。うがち過ぎかもしれないが「人にこたふ」の前書は気になるところだ。しかも万太郎は、自分の俳句は「心おぼえ」であり「心境小説にほかならない」と言っているのだから……。

いはぬはいふにいやまさる
逢はぬは逢ふにいやまさる
胸の思ひは　木がくれに
咲く初花の　いぢらしい
命をかけてゐるといふ

万太郎作詞の小唄である。万太郎俳句こそ、まさに「言はぬはいふにいやまさる」であり「命をかけて」いたのである。こののち、晩年まで、いよいよその傾向を深くしてゆく。

昭和十九年といえば太平洋戦争も、泥沼の様相ただならぬ状態になっていった頃だ。

親一人子一人螢光りけり

一人息子の耕一の出征に際しての句である。

抒情派作家としての万太郎の作品活動は、小説、演劇を問わず戦時下では、肩身の狭いものとなっていった。そして昭和二十年八月十五日、敗戦の日を迎えた。

終戦

何もかもあつけらかんと西日中

八月二十日、燈火管制解除

涼しき灯すゞしけれども哀しき灯

ふゆしほの音の昨日《きのふ》をわすれよと

昭和二十年（一九四五）作。五十六歳のときの作である。漢字を当てれば「冬潮」である。冬汐とも書くが、潮は朝のしお、汐は夕しおと区別しているようだ。一説には潮は、「さしお」、汐は「ひきしお」だという。さらに潮は海水の満ち引きの現象全体を意味して使われている。掲出句の場合がそうである。実際も同様だが、語感からいっても、冬潮は、その色のように鈍重な波音であることは疑いない。昨日《きのう》は、前日ということでなく、過ぎ去りし日という意味である。冬潮の音が過ぎし日を忘れよ、とささやいているというのである。作者は海の底から聞こえてくる声のように聞きとっているようである。

万太郎はその句集『流寓抄《るぐう》』（昭和二十年十一月〜三十三年秋までの句を所収）の第一句に掲出句を置き「——海、窓の下に、手にとる如くみゆ。」と前書を付けているが、この海は鎌倉の海なのである。句集の巻頭の言葉を引いてみよう。

——昭和二十年十一月、ぼくは、東京を捨て、鎌倉にうつり住んだ。……そのとき以来である、ぼくに、人生、流寓の旅のはじまつたのは……

そして、そのあと、はやくも十余年の月日がすぎた。

そのあひだで、ふた、びぼくは東京にかへるをえた。が、ぼくの流寓の旅は、それによって、決して、うち切られなかつた。……かくて、この世に生きるかぎり、ぼくは、この不幸な旅をつゞけねばならないのだらう。——

この文章だけを見ると、いささか気障《きざ》な感じがするかもしれないが、万太郎のこの「人生流寓」はまぎれもなく、残念ながら事実であったのだ。それは、このあとの俳句を読み通すことで、おのずからうなずけるであろう。

万太郎は生地の浅草をふり出しに、この鎌倉に来るまで八ヶ所も移住している。そのいずれも震災と戦災に焼かれ、あとかたも無くなっているのだ。物理的に見ても「流寓」と言っていい。加えて「人生流寓」即ち、心のさすらいの旅でもあったのである。

鎌倉移住の一ヶ月後の昭和二十年十二月、世の中は飢餓、焦土、不安、まるで地獄といってよいほどの混乱の渦巻く中に、万太郎を主宰とする俳誌「春燈」が創刊された。それは、精神的にも飢えの極度に達していた俳人たちにとって、大きな夢と活力をあたえた。「春燈」は、かねてから万太郎を崇敬していた安住敦《あずみあつし》と大町糺の奔走によって実現したのである。以来、昭和三十八年五月六日の突然の死のときまで、万太郎の俳句活動は「春燈」あるがゆえに、強力に推進されたと言ってよい。そして万太郎俳句の本領はこの期間において発揮されたと断言できる。

あはゆきのつもるつもりや砂の上

昭和二十一年（一九四六）、作者五十七歳の作。普通は「淡雪」と書くが、「泡雪」「沫雪」とも書く。いずれも春になって気温が高くなってから降る雪なので結晶が凝固しきっていない。それゆえ淡、泡、沫の文字はみなふさわしい。

掲出句は、そのようなすぐに融けやすい雪が、砂浜の上に、なんとか積もろうという気持ちで、降り続けているというのだ。というよりも、作者の気持ちが砂の上に降る淡雪に思い入れをしていると言ったほうがいい。この中七音は作者のいのちを通わせている部分として重要なところである。砂上に白い粉をふりかけた色調もまた渋い味をもたらしている。

ふゆしほの音の昨日をわすれよと
わが胸にすむ人ひとり冬の梅
あはゆきのつもるつもりや砂の上
昔、男、しぐれ聞き〳〵老いにけり

その頃の句から拾った。こうして並べてみたとき次の詩が浮かんできた。

砂山の雨

砂山に雨の消えゆく音
草もしんしん
海もしんしん
こまやかなる夏のおもひも
わが身《み》うちにかすかなり
草にふるれば草はまさをに
雨にふるれば雨もまさをなり
砂山に埋め去るものは君が名か
かひなく過ぐる夏のおもひか
（以下略）

室生犀星《むろおさいせい》詩集『抒情小曲集』から引いた一篇である。この詩と万太郎の俳句とに共通しているものは、「ひたむきな抒情」であると言ってよかろう。犀星の詩は三十歳以前の作であるから、青春性という点において、万太郎五十七歳の句とのニュアンスの差はあるとしても、抒情を至上としていることに変りは無い。

万太郎と犀星はともに明治二十二年生まれの同年である。同時代を生き犀星のほうが一年早く、昭和三十七年、七十二歳で没している。菊池寛賞受賞は犀星が昭和十五年、万太郎が十七年。日本芸術院会員には万太郎が昭和二十二年で、犀星が二十三年に就任している。

さらに興味をひくのは、この両作家がその文学の出発へのきっかけが、ともに「俳句」であったということだ。しかも二人とも終生作句しつづけたのも同じだ。

一人の作家が、同時に俳人そして小説家として終生つらぬいたというのは近代文学において、たまたま同年齢のこの二人だけである。二人の違う点は、万太郎がこのほかに戯曲を書き、犀星が詩を書いていたことだ。

もう一つの違いは、晩年にいくに従い犀星俳句が坦懐な自然詠に傾斜していったのに対し万太郎俳句は境涯の襞《ひだ》を深くしていったことである。

古　暦　水　は　く　ら　き　を　流　れ　け　り

昭和二十六年（一九五一）、作者六十二歳の作。「暦《こよみ》」というのは、「日読《か》み」が転訛した言葉で、太陽や月の循環から四季そして日々の農事、行事、さらに運勢までも一覧化したものだが、現在ではカレンダーをふくめて季語として使っている。

「古暦」は、年末になって翌年の暦が売られたり配られたりする頃になって、その年の暦のことをいう。新しい暦が出るまでは気づかなかったのに、急に過ぎ去った日々をともにした古暦へ惜別の情が湧いてくるものだ。いのちと引き換えの「時の流失」が悔恨されてくる。

掲出句は、歳々年々という古暦のイメージを置いた上で、一挙に転換して暗い時の底を黙々として流れる水を指摘したのである。現実的にいえば月の無い夜の町はずれの、あるかなきかの流れによどむ川か堀を想像してもよかろう。

けれど、その景の奥に人の力では及ばない大きな時の流れを肯定せねばならなかった作者の思いが作用していることを見落としてはなるまい。

この句、じつは「春燈」発行人・編集長であった安住敦の句集『古暦』の序句として使われたものなのである。

敦は昭和二十年暮れに「春燈」を創刊して以来、米一升紙一枚と言われたような敗戦後の苦しい時代を、筆舌につくせぬ苦闘をして、毎月の発行をつづけてきたのである。

——われわれの生活は、これから、苦しくなるばかりだらう。でも、いくら苦しくなつても、たとへば夕靄の中にうかぶ春の灯は、われわれにしばしの安息をあたへてくれるだらう。——

創刊号に万太郎自身が巻頭言として筆を執った「抒情復興」の言葉だが、周囲の仲間は安住敦の労苦を予言した言葉になったと、苦笑したほどである。万太郎俳句が特に晩年の十八年間の作が生彩を放っているのは、一つには、その蔭にあって「くらきを黙々として流れる水」のように支えつづけた敦の力があったことを見忘れてはいけない。

終戦

てんと蟲一兵われの死なざりし　敦

雁啼くやひとつ机に兄いもと　同

しぐるるや駅に西口東口　同

秋風のわが身ひとつの句なりけり　同

秋風や鶏がそだてし家鴨の子　同

句集『古暦』の代表的な句である。

昭和二十六年、万太郎は日本演劇協会会長として、国際会議に出席のためオスロ、ロンドン、パリの旅に出た。

フランスのモンマルトルの踊り場に

笛吹く男海老蔵に似る

万太郎作の短歌である。

水打つやとべる子がへる孫がへる

昭和三十二年（一九五七）、作者六十八歳。現代俳句において、いわゆる季重ね句の多いのは、万太郎と中村草田男《なかむらくさたお》（明三十四年〜昭五十八年）を双璧としてよいであろう。しかし両者とも、季題の操作において、これまた妙手と言ってよい。一方の季語を、むしろ「あしらい」として、いわばかけがえなく効果的に利用しているのである。

掲出句は当然「水打つや」が主季題であるのは一目瞭然である。水と蛙はもともと、つながりの深い関係にあるが、打水に応《こた》えるように蛙が跳び出していたというのである。しかも大小続いて現れたというのだ。子蛙・孫蛙と言ったのは強調で生物学的には人間と違ってそういうことはあり得ない。親蛙と子蛙までである。メルヘンティックな微笑ましい状景といえる。「親亀の背中に子亀……」の調子で、清冽な打水のしぶきを浴びているのだから、まさに清興の境と言ってよい。

万太郎俳句で、親子はもとより孫などと言っている句は、それまでにはたった一句次の作があったのみである。

親一人子一人螢光りけり　（昭和十九年）

これは、一人息子の耕一が召集を受けて出征するときの句である。

その耕一は終戦後、無事に帰還して結婚していたが、昭和三十二年二月、肺結核で死んでしまったのである。

――歪んだ、素直でなかつた、世のつねのものでなさすぎた親と子の関係をあらためて追憶し、つひに一生不幸だつたかれの冥福を祈つた。

が、それは、かれだけの不幸ではなかつた。ぼくも、また、とも〴〵不幸だつた

のだ。（中略）

親一人あとにのこりしほたるかな

といふ一句で、日のたつに連れ、逆《さか》さをみたといふ世俗的な辛さがしだいにぼくにしのびよつて来た。

万太郎の「心残りの記」の一節である。それまでの万太郎には見ることのできなかった「世のつね」の父親以上の慟哭の姿が、ここには見られる。この年、耕一の死をきっかけにしたかのように、かねてから不和であった妻（昭和二十一年、三田きみと再婚）のもとを遁れるごとく、愛人三隅一子《みすみかずこ》のもとに走ったのである。しかも、万太郎は彼の私生活とは、うらはらに、読売文学賞、つづいて文化勲章の栄誉を得たというのは、あまりにも人生流寓の皮肉といえるだろう。

――〝影〟あってこその〝形〟……

万太郎が「春燈」で〝影〟すなわち余情こそ俳句の生命であると説いた言葉である。掲出句における「子蛙・孫蛙」の〝影〟を知るとき、俳句の怖ろしさのかりそめでないことを悟ることができるだろう。

まゆ玉のしだれひそかにもつれけり

昭和三十六年（一九六一）、七十二歳の作。

繭玉というのは餅花の一種で、土地によって柳・榎・みずき・椿などの枝に米の粉や餅をまるめて挿したものを正月の縁起として飾るもので、豊作を祈り祝う餅花が、養蚕地帯では繭の豊収を願うようになったものだ。小正月（一月十五日）すぎに、どんどの火でこの餅を焼いて食べると風邪をひかないと伝えられている土地もある。古くからの行事で徳川時代の初期にはすでに行なわれており、井原西鶴の「世間胸算用」にも出ている。江戸時代、目黒の不動尊の縁日では赤・白・黄の餅を挿したものを売っていたという。

――久保田家では毎年大晦日の晩、歌舞伎小道具の藤浪与兵衛兄弟が、柳の枝と菓子種をもって来て飾りつけをしていくのが例になっていた。――

安住敦の文章から借りたが、万太郎は、ことに、紅白の玉の入り乱れる繭玉の華やかさを好んでいた。それゆえ、繭玉の句は多い。

まゆ玉にいよ〳〵雪ときまりけり　（昭十一年）
まゆ玉のことしの運をしだれける　（昭二十一年）
まゆ玉や一度こじれし夫婦仲　（昭三十一年）
まゆ玉やあはれ一人のものおもひ　（昭三十六年）
まゆ玉やつもるうき世の塵かるく　〃

しだれけり大まゆだまのおもふさま　（昭三十七年）

ところで、掲出の句だが、繭玉のしだれた柳の枝と枝が、よく見ると互いにもつれていたというのだ。かつては、その年の運と幸《さい》先を願って華やいでいたというのに、「ひそかにもつれ」は不安の翳を揺曳して来ている。

万太郎は、折にふれて「俳句は縫いとりのようなものだ」と説いた。それは、表面に美しく縫いとりをした着物が、その裏側は縦横に糸が走っているように、表出した十七音は「じつは、とりあへずの手がゝりだけのことで、その句の秘密は、たとへばその十七文字のかげにかくれた倍数の三十四文字、あるひは三倍数の五十一文字のひそかな働きにまつべきなのである」「どんな場合でも、俳句の場合、感情を露出することは罪悪なのである」ということなのである。

即ち、「ひそかにもつれた」万太郎の感情が、背後にかくれている句なのである。

昭和三十四年四月、万太郎文学に影響をあたえた永井荷風が死去。同三十六年、俳優喜多村緑郎が死に、翌三十七年、中学以来、句友親友として六十年をともにした大場《おおば》白水郎《はくすいろう》（明二十三年～昭三十七年）に先立たれる。万太郎は孤独地獄の深みに、いよいよ墜ち込んでいく。

春の夜に堪へよとくらき灯なりけり　（昭三十六年）

ゆく春のすぎて甲斐なき昨日かな　〃

黄泉《よみ》の火をやどして切子さがりけり　〃

花疲れおいてきぼりにされにけり　（昭三十七年）

こしかたのゆめまぼろしの花野かな　〃

これらの句に、心弱くなった万太郎の、袖かきいだく孤影を誰しも「ひそかに」感じるであろう。

湯豆腐やいのちのはてのうすあかり

昭和三十八年（一九六三）、作者七十三歳。

豆腐は二千年以上前、中国の淮南王劉安《りゅうあん》が初めて作ったものだという。日本に伝わった年代は明らかでないが南北朝（十四世紀）頃には豆腐の名が見られる。「おかべ」というのは形が白壁に似ているので、そう呼んだものという。角切にしたものを「奴《やっこ》」というのは、江戸時代に武家に仕えた中間を奴《やっこ》と称し、四角な紋をつけていたからである。夏は「冷奴」、冬は「湯豆腐」が代表的だが、その他いろいろな料理の仕方がある。

掲出句の「うすあかり」は湯豆腐を煮ている火からの連想と考えてもいいが、それでは通俗になる。湯豆腐の鍋を前にして黙坐している作者の思いであると解すべきだろう。あるいは湯豆腐の火だけを残し、作者をとりまいているのは闇ひと色に塗り込められた状景としてもよい。作者の眼には、その闇のはてに、ほのかな明るさが見えたのだ。人生流寓のはてに見出した「うすあかり」なのである。少なくも「のぞみ」に燃え立つ明りではない。人生諦観の「うすあかり」である。あるいは「いのちのはて」に合掌して縋《すが》る思いの「うすあかり」と言ってもいい。

この場合の「湯豆腐」は、かりそめのものではなく現実に湯豆腐があって、「いのちのはての……」という感想を触発していることは疑いない。万太郎俳句晩年の作として有名な句であるが、湯豆腐という俗性の濃い季題であるのは、いかにも万太郎らしい。

万太郎は、この句の前年の十二月、愛人の三隅一子《みすみかずこ》の急逝に遭った。遅く帰宅する万太郎の足許を気づかった一子は夜寒の中にたたずんでいたことが死の原因だということも、万太郎の傷心を深めた。

たましひの抜けしとはこれ、寒さかな
死んでゆくものうらやまし冬ごもり
鮟鱇《あんかう》もわが身の業《ごふ》も煮ゆるかな
人の世のかなしき櫻しだれけり
世に生くるかぎりの苦ぞも蝶生る

万太郎は一人息子に先立たれ、芥川龍之介をはじめとして、水上瀧太郎、大場白水郎など親身の人たちが歯の抜けるように去ってしまい、晩年のつかの間、ようやく得た一子《かずこ》とのしあわせも、いまや崩れ去ってしまったのである。弱冠二十二歳で文壇の寵児として脚光を浴び、以来文壇、劇壇をリードし、文化勲章の栄誉をもった人の実像なのである。「うらはら」という言葉を万太郎はよく使ったが、自身の人生こそ最大の「うらはら」ではなかったか。

久米三汀《くめさんてい》（正雄、明二十四年～昭二十七年）は万太郎俳句を「絢爛たる枯淡」と評したが、没後にして言えば「あまりにも哀しき絢爛」であり「苦澁の沁んだ枯淡」といえよう。

万太郎は一子《かずこ》の没後、半年を待たずして、あたかもその後を追うように昭和三十八年五月六日、不慮の死を遂げたのである。

春 の 灯 の 水 に し づ め り 一 つ づ つ

昭和三十八年（一九六三）、作者七十三歳。

どこの、どういう「春の灯」かわからない。作者の過ぎ来し方の春の灯、即ち心象上のものと解してもいい。

凡手ならば「水に映れり」とするだろう。それをあえて「しづめり」としたところに作者の心境が作用している。水の面は暗くて動いていないようだ。その水に一つ一つの春の灯が、まるで象嵌《ぞうがん》されたように沈み込んでいるというのだ。そう解してみると、本来なら春の灯を映して、うるみを見せる水なのだが、この場合は、何か怖ろしさをともなって感じられる。明暗一枚というか、悲喜一体といった句である。

万太郎はかつて「俳句は剃刀《かみそり》のようなものだ」と説いた。普段は単なる髭剃《そ》りの道具であっても、いざとなれば人を殺せるというのである。散文が日本刀だとしたら、なまくらな日本刀より、はるかに剃刀の鋭さのほうがすぐれているという。

この句を読むと、春灯の下に置かれた剃刀がキラリと鋭い光を発したように感じられる。

一つづつ春の灯ともり来りけり　（昭十一〜十三年）
春の灯のそこはかとなくたのもしき　（昭二十一年）
春の灯のむしろくらきをよろこべる　〃
春の灯の瞬くとしもなかりけり　（昭二十六年）
春灯のもとにありてのこの歎き　（昭三十年）

こうして同じ作者の「春の灯」の句の推移を並べてみると、それは悲と喜の間を往復していた振子が、掲出句において、ついにピタリと静止したように思われてならない。

万太郎俳句には「水」が多く使われているが、それまでは明るい水面であり、ときにせせらぎとなり、芳香を放つ水であった。それがついには、二度と明るさを取り戻さぬ沈滞して動くことの無い水に到ったのである。運命を肯定して動かぬ水なのである。

——花というもの……

と、突然先生はおっしゃった。

……その年によって妙に目につく花というものがありますね。

——ことしは何の花です？

と受けながら、ふと先生の視線を追ったわたくしの目に、とある屋敷の庭に咲き垂れたコデマリの花があった。

——小でまりの花に風いで來りけり

と、先生はつぶやかれた。わたくしのきいた先生の最後の句である。

（安住敦『俳句への招待』）

万太郎は、この師弟の会話のあった昭和三十八年五月六日、その二時間ほどのちに、画家梅原龍三郎邸で会食の際、赤貝の鮨による誤嚥《えんげ》下気管閉塞という突発事故で死去した。

それゆえ

小でまりの花に風いで來りけり

の句が、万太郎俳句の絶作と称してよい。

（立風書房『鑑賞現代俳句全集』第五巻 一九八〇年刊に加筆）

久保田万太郎俳句の特徴

影あってこその形

ふゆしほの音の昨日《きのふ》をわすれよと（昭二十年）

句集『流寓抄』（昭和三十三年　文藝春秋新社刊）の巻頭に置かれた作である。

この句には「――海、窓の下に、手にとる如くみゆ」と前書があり、さらにその前に、次のような開巻のタイトルが記されている。

昭和二十年十一月四日、東京をあとに鎌倉材木座にうつる。……以下、その新居にてえたる日々《にちにち》の心おぼえなり。

「東京をあとに」したのはアメリカ軍の空襲で焼け出されたからである。明治二十二年十一月七日生まれの万太郎は、この句の三日後に五十六歳を迎えた。

「日々の心おぼえ」と書いているが、この作家の俳句に対する信条の一つであると同時に、この句集以後、境涯性をともないつつ、一層その傾向を深めていったといえる。

昭和二十年というと八月十五日の敗戦を契機として、この国の様相は一変し、人々の心にも大きな動揺をもたらした。飢餓と荒廃の渦巻く中に、国も人もどうなってゆくか、はかり知られぬ状態にあった。万太郎はこの敗戦の日に母親を、それに先立ち六月に父親を喪っている。彼個人としても容易ならざる年であったわけだ。

掲出の句は、冬の濤音という表面的なものでなく、わだつみの底から鈍重に響いてくる、動かしがたき力のこもった「音」なのである。「音なき音」といってもいい。あえて「ふゆしほの音」といったゆえんであろう。

「昨日をわすれよと」は作者自身の波瀾多き「昨日」であると同時に、敗戦後の誰にとっても過去への忘却は共感を呼ぶところだ。

句集『流寓抄』は、作者生前の最後の句集だが、その句集名に「流寓」と名づけ、「ふゆしほ」の句を冒頭に置いたことは、この作家の句業の晩年の傾向を示唆したものとして見棄てがたい。

「ふゆしほ」の句が最初に発表されたのは万太郎主宰の俳誌「春燈《しゅんとう》」の創刊号（昭和二十一年一月一日発行）であったが、そのときには「ふゆじほ」となっている。ミスプリントでないことは同時発表に次の句があるので、間違いではない。

　ふゆじほのおとに落ちこむ眠かな

この句は、句集『春燈抄』（昭和二十二年、木曜書房刊）では「……ねむりかな」と改められているが「ふゆじほ」は変っていない。しかし『流寓抄』では、そっくり削られている。それゆえ「ふゆしほ」と濁音を除いたのは『流寓抄』編纂に当たって改めたと推定される。

この作家の句には、こうした例が多く、場合によっては、再度ならず推敲が重ねられている。いかに自作に愛着執心したかがわかるとともに、学ぶべきことと思う。

ところで俳誌「春燈」であるが、戦後の廃墟の中から最も早く生まれた結社誌で、人々に、忘れ去っていたみずみずしい詩心をよみがえらせてくれたものとして戦後の俳句史上で特筆すべき存在である。

安住敦の編集で発刊され、舞台装置家・伊藤熹朔のランプの表紙絵は荒廃した人々の心に希望の灯をあたえた。

　――われわれの生活は、これから、苦しくなるばかりだらう。でもいくら苦しくなつても、たとへば、夕靄の中にうかぶ春の灯は、われわれにしばしの安息をあたへてくれるだらう。

万太郎みずから書いた巻頭の言葉である。当時、精神的な糧《かて》にも飢えていた人々は、砂漠に泉を見出したように、この唯一の俳誌に殺到した。しかしそれは創刊後一年余りの間であって、世の中に平和がよみがえってゆくに従い東西の俳誌が急増していった。雑誌の経営は戦後の急激なインフレの中で、苦しさを加えていった。「苦しくなるばかりだろう」という巻頭言が的中したのは皮肉だ。

しかし編集者の安住敦の不屈な努力と、「いとう句会」その他の支援で毎月の発行が続けられた。万太郎俳句の晩年の珠玉のかずかずは、「春燈」が無かったならば、おそらく開花を見なかったといっても誇張ではあるまい。

「春燈」創刊と投句募集の広告は二十年十月の一流新聞に掲載された。私は当時十九歳でまだ学生であった。以前から万太郎文学に傾倒していた義母の強いすすめで、すぐさまともに参加した。もともと、水原秋櫻子《みずはらしゅうおうし》(明二十五年〜昭五十六年)や富安風生《とみやすふうせい》(明十八年〜昭五十四年)の入門書に接し中村草田男の句集『長子《ちょうし》』(昭和十一年　沙羅書店刊)の青春性の濃い句に共鳴していたので、万太郎という作家は、江戸趣味の通人ぐらいにしか感じていなかった。食わず嫌いの状態で、義母とのお付き合いという程度であった。それも無理からぬことで

ゆく雁や屑屋くづ八菊四郎　(大七年)

煮凝《にこごり》や四十を越してまる抱へ　(昭十年)

などの句が、学生に充分理解されるはずはなかろう。前者は歌舞伎の「船打込橋間白《ふねへうちこむはしまのしら

浪《なみ》」（鋳掛松）であり、後者は芸妓が四十歳過ぎても雇い主に全面的に世話になっていることである。

「春燈」の第二号即ち昭和二十一年二月号に万太郎の選後評が載っている。

――わたくしのはうでも出来るだけ早く諸君になじむ工夫をするから、諸君のはうでも、出来るだけ早くわたくしになじむ工夫をして下さい、――演出者と役者の呼吸が合はなければおもしろい舞台はみられない。――辛抱強く「試演時代」をつゞけて行くとしよう。

ここには、俳句が作者と選者との合作であることを万太郎らしく演劇にたとえて述べている。私もまた「なじむ工夫」をすべく、とにかく、万太郎作品を読み返しはじめたのである。

わが胸にすむ人ひとり冬の梅　（昭二十一年）

句集『春燈抄』に初出の句で、雑誌「春燈」で発表されなかった作だ。『春燈抄』に再掲のとき「ひそかにしるす。」と前書が付けられた。昭和二十二年十二月二十一日、上野公園韻松亭《いんしょうてい》で『春燈抄』出版記念の句会が行なわれたとき、私はすかさずこの句を著者にしたためてもらった。

万太郎文学読み返しにより、私にいくらかは「なじむ工夫」が出来てきたからであり、もう一つには婚約直前にあった私の心に、大きな共鳴を呼んだ句であったからだ。「春燈」第四号（昭和二十一年四・五月合併号）「選後に」の万太郎の文章の一節を要約しながら引いてみよう。

——〝影〟あつてこその〝形〟……

〝影〟とは畢竟《ひっきょう》〝餘情〟であるとわたくしはいひたいのである。そして〝餘情〟なくして俳句は存在しない。……俳句の生命はひとへにかゝつて〝餘情〟にある、と重ねてわたくしはいひたいのである。（中略）表面にあらはれた十七文字は、じつは、とりあへずの手がゝりだけのことで、その句の秘密は、たとへばその十七文字のかげにかくれた倍数の三十四文字、あるひは三倍数の五十一文字のひそかな働きにまつべきなのである。（中略）その句のもつ十七文字の中だけで勝負をきめる散文性の安易さを嫌悪したいのである。

当時、若者にありがちな表面の「目立たしさ」を追っていた私にとって、いわば頂門《ちょうもん》の一針というべき言葉であった。

句集『流寓抄以後』（昭和三十八年　文藝春秋新社刊）は万太郎の没後の句集で、安住敦（明四十年生）、龍岡晋（明三十七年生）らによって編まれたものである。その巻頭に「久保

田万太郎のこと」という小泉信三《こいずみしんぞう》（明二十一年〜昭四十一年）の文章が掲げてある。その中で

――わが好む題材を、わが好む特異の東京語で書いて、少しも譲歩してゐない。殊に言語の選択、意味と発音に伴ふ陰影、言葉と言葉との間の沈黙の効果に対する用意については、後は知らず、今日までに久保田の前に久保田はないといっても誇張にはなるまい。

と述べており、その文末に上掲の「冬の梅」の一句を特に「新たに心づいた一句」として書き抜いている。

「陰影と沈黙」の効果は、万太郎文学の全般についていえることだが、特にその効用が俳句において明らかに認められると思う。

小説や戯曲には垣間《かいま》見られなかった万太郎の本音が、陰翳《いんえい》即ち余情の間ににじみ出ているといえる。表現の手だてとして、作者にとってはかけがえの無い東京の風物が用いられるために、それが江戸趣味に低徊《ていかい》しているように誤解されるのだ。

「約束」の上に築かれた芸術

奉公にゆく誰《たれ》彼《かれ》や海《ば》嬴《い》廻し　（明四十二年）

「ばい」は、直径、高さとも二〜三センチほどの巻貝で、その殻の中に鉛《なまり》をつめた独楽《こま》である。東京方面では「べエゴマ」と呼び、秋から冬にかけて子供の遊びになっており、はじき合わせて勝敗をきそう。かなり以前から貝の形に模した鉄製のものになっている。

上掲句（『草の丈』（昭和二十七年　創元社刊）所収）は、その子供たちが卒業をひかえて、それぞれの職業に分かれてゆくというのだ。子供ごころに愉しい「ばい打ち」の場面に、一抹の哀愁をただよわせている。「ゆく誰彼や」に人生の波風への予見が感じられる。

竹馬やいろはにほへとちり〴〵に　（大十五年）

この句の「ちり〴〵」は「誰彼」と同様に少年たちへの哀愁がまつわっている。

万太郎は明治二十二年東京浅草田原《たわら》町の袋物製造業の家に生まれた。その少年時代、浅草を中心とした東京下町の路地では、句にあるような光景が見られたことは疑いない。万太郎は少年の頃から読書好きで、十四歳の頃、樋口一葉全集を愛読し、ことに「たけくらべ」に感動したという。「たけくらべ」を暗記していたことは、慶大、国学院大で万太郎の講義を聴いた人たちの知るところだ。上掲の句には万太郎の回想とともに「たけくらべ」の世界が二重写しになっていると評しても許されよう。

海嬴の子の廓《くるわ》ともりてわかれけり　（明四十二年）

同時の句である。この句、初出のときは「海嬴の子や」であった。

万太郎の、これらの句は二十歳の時の作だが、俳句をつくりはじめたのは明治三十八年、十六歳からで「中学世界」の巌谷小波《いわやさざなみ》（明三年〜昭八年）選に投句し、「繪だくみは京にかへりぬ桃の春」「寮の夜の鼓《つづみ》に緋桃こぼれけり」などの句が天位に採られたという。句作に熱中した万太郎は各地の運座《うんざ》（句会のことを当時はそう呼んだ）に出席した。

万太郎は本来ならば袋物職の家業を継ぐべき立場であったが、教育好きの祖母の庇護もあって、府立三中の四年進級に落第したのを機会に三田の慶応の普通部に転学した。数学で落第した万太郎に慶応は自由教学の精神に富み、運座廻りにも都合が良かったようだ。三田俳句会で先輩の籾山梓月《もみやましげつ》（明十一年〜昭三十三年）に出遇ったことも、後年「この人によって古典の目を開かれた」と述懐しているように幸いなことであった。

さらに運座の席で岡本松浜《おかもとしょうひん》（明十二年〜昭十四年）、渡辺水巴を知り、松浜を介して松根東洋城を知ったのであるが、その天分の上に以上のような、すぐれた師系に恵まれたことは、幸運だったというほかはない。

「私の俳句の師匠は東洋城です」と万太郎みずから言っているが、東洋城が九段中坂《なか》にあった下宿望遠館で開いた句会での勉強ぶりは、きわめて厳格なもので、飯田蛇笏も一緒であった。

浅草の塔がみえねば枯野かな（明四十二年）
甘酒や幼なおぼえの善光寺（明四十三年）

この頃の俳壇にあっては、明治三十五年、正岡子規《まさおかしき》（慶応三年〜明三十五年）の没後、高浜虚子が、四十一年に俳句訣別を宣言している。四十三年には河東碧梧桐《かわひがしへきごどう》（明六年〜昭十二年）の新傾向俳句運動の中で久米三汀が台頭して「魚城《ぎょじょう》移るにや寒月の波さざら」というような句を示していた。

当時を回想して万太郎は次のように述べている。

――新傾向論についても、新傾向句に対しても、わたくしは一向に感心しなかつた。これは、わたくしの師匠が松根東洋城だつたからばかりでなく、また、わたくしが三汀よりももつと温健だつたからばかりでもなく、当時、俳句をつくる一方、晶子《あきこ》の歌、泣菫《きゆうきん》、有明《ありあけ》の詩を耽読してゐたわたくしには、新傾向句のおよそ生硬な、押しつけがましい、感情の渇き切つた表現からして気に喰はなかつた。その努力は、わたくしの目には、いたづらに俳句を散文化するだけのものとしか映らなかつた。（『久保田万太郎・久米正雄互選句集』昭和二十一年　文藝春秋新社刊）

当時の消息が解明される文章だ。しかし、これほど熱心であった万太郎の俳句は、長くは続かず、明治四十四年以後、ふっつりと縁が切れてゆくのである。

その理由は、四十四年六月、「三田文学」に発表した小説「朝顔」が小宮豊隆《こみやほうりゅう》により激賞され、「早稲田文学」で中村星湖《なかむらせいこ》が反論したことで、にわかに世の評判になり、一躍、小説家として有名になったからである。二十二歳の学生であった万太郎は、生来のテレ性から俳句をやっていたとは言えなかったのだ。

もう一つには、万太郎自身の文章が証明しているように、「晶子の歌、泣菫、有明の詩」に興味を持っていたというように、俳句には安住出来ぬ、青年万太郎の客気《かっき》があったのではなかろうか。そうだとすれば東洋城膝下《しっか》において万太郎が学んだものは、俳句の内容というよりその技巧であったといえよう。即ち万太郎俳句の初期は、その技巧的修得という形で、小説「朝顔」発表後の明治四十四年、二十二歳において終わり、以後数年間の休止をみるのである。その間万太郎は慶応義塾大学文科を卒業（大正三年）し、小説家、戯曲家として大きな成長を遂げるのである。後年「身を粉にくだいて精進した」「発句もまた『約束』のうへに築かれた芸術」と回顧している。

即興的な抒情詩

年の暮形見《かたみ》に帯をもらひけり（大五年）

大正五年、万太郎は二十七歳であった。いまや新進の作家として劇壇にも知られてきた。反面、家業の袋物業が左前になり前々年の大正三年、田原町の店をたたんで駒形に移転している。俳壇は、高浜虚子が復帰して国民新聞俳壇の選を松根東洋城から取り戻し、両者不和の因《もと》となった年である。

万太郎はこの年、岡村柿紅《おかむらしこう》、喜多村緑郎《きたむらろくろう》、長田幹彦《ながたみきひこ》らの劇壇人の句会「句楽会」にさそわれ俳句に復帰し傘雨《さんう》と号した。しかし、句楽会は各自多忙のため一年余で解散になる。

――句楽会が止めになつてもわたしの俳諧生活はしかし止めにならなかつた。いへば完全にそれは再燃した。そのま、わたしは一人でつくりつゞけた。――「俳句」はいつか、わたしの公然晴《おつけ》れての「余技」になつた。（中略）――即興的な抒情詩、家常生活に根ざした抒情的な即興詩。――わたしにとつて「俳句」はさうした外の何ものでもありえない。……はッきりさうわたしにみとめがついたのである。

（句集『道芝』自跋　昭和二年刊）

この文章を書いたのは、当時より約十年後のことで、当時そこまで深く考えてのことかどうかはわからない。結果論ともいえなくはない。万太郎はそうしたスタイリスト的性格をもっていた。しかし反面、高浜虚子が俳句に復帰というより捲土重来《けんどちょうらい》した感じで、東洋城から国民新聞俳壇の選を取り戻したことなどが、あるいは万太郎の心底に彼にもまた俳句復帰をさせた要因となっていたかもしれない。私の覚えている限りでは、万太郎が虚子についてうんぬんしたことは無かった。むしろ敢て敬遠していた感じであった。

そこで上掲の句（『草の丈』所収）だが、万太郎の言う即興的な句といってよかろう。「形見の帯」という背後性の深いものと、「年の暮」という人事性の濃厚な時候とが二物衝撃的にひらめき合って、この句の世界を創造している。それゆえ万太郎の言う「即興」というのは、単なる思いつきという意味ではなく、形のあらわれとしての即興と解するのが正しいと思う。

さ び し さ は 木 を つ む あ そ び つ も る 雪　（昭二年）

万太郎はことに晩年、「俳句は縫いとりのようなものだ」と説いていた。それは縫いとりで美しい模様に出来上がった織物が、その裏側では、多彩な糸がそれぞれ複雑に交錯しており、およそ表面とはうらはらな努力のあとを残していることに触れて、俳句をつくることも同じような努力が必要だというのである。万太郎が「余技」と言い「即興」と称しながら俳句に托した身上の知られる話である。

上掲句（『草の丈』所収）は「長男耕一、明けて四つなり」と前書が付いているように、一人息子が一人遊びするさまに愛憐の目を注いで詠ったものである。この句は処女句集『道芝』に初出のときは「淋しさはつみ木あそびにつもる雪」であったが、再出の『久保田万太郎句集』（昭和十七年刊）では「淋しさはつみ木のあそびつもる雪」と改められ、さらに十年後の句集『草の丈』（昭和二十七年刊）で、上掲のように直されたのである。まさに前後三十年近く費した縫いとりといってもよかろう。

万太郎は大正八年、三十歳のとき大場白水郎の養女京《きょう》と結婚した。媒酌人は喜多村緑郎夫妻であった。白水郎は子供のときからの友人で句仲間だった。

大正十年、耕一の生まれた後、大正十二年の関東大震災で浅草三筋町を焼け出され、妻子三人で日暮里渡辺町筑波台に移住した。この頃、作家、演出家として多忙になっていた万太郎が、一人息子と遊んでやる暇はきわめてまれであったことは想像に難くない。

万太郎は句集『草の丈』を編んだとき、その時期に住んだ土地ごとに分けているが、明治四十二年から大正十二年までを「浅草のころ」として「たゞ単なる前奏曲でしかない」と記している。

たしかに、万太郎の五十余年にわたる句集において初期の名だたる句を除くと、全般としては後期にくらべて、いわば「余技らしさ」が感じられる。大正五年、句楽会を契機として復帰したといっても、本領を発揮したとは言い切れない。万太郎俳句は年を逐うごとに、その縫いとりの裏側の彫琢度《ちょうたくど》が増していると見るのが定説だが、私は、その第二の出発点を日暮里移住以後とみたいのである。

神田川祭の中をながれけり　（大十四年）

万太郎の代表句として周知の句（『草の丈』所収）であるが、しばしば誤った解釈がなされている句でもある。それは神田川があるので、神田明神の祭の句と誤解されやすい。神田明神の祭（五月十三日〜十八日）が江戸三大祭などと言われて有名なためでもあろう。この句の前書「島崎先生の『生ひ立ちの記』を読みて」を参照すれば、おのずから明らかなことだ。この句が雑誌「文藝春秋」に発表されたときには、上記の前書に「——ありし日の柳橋のほとりの家々のさま思ひいでる」と付け加えている。

島崎藤村《しまざきとうそん》は万太郎が敬慕していた作家で、その「生ひ立ちの記」の中に柳橋の榊《さかき》神社の祭の場面が描かれている。

神田川というのは井《い》の頭《かしら》の池から流れ出ている江戸川の下流を称し、飯田橋、お茶の水を流れて柳橋で隅田川に注いでいる。小日向《こびなた》水道町で芭蕉が水道工事に従事した川である。

句は「祭の中」と祭町を大きく展開して、その中に一筋の川を、単純鮮明に描いているので、前書の由来には関係なく、誰にも懐しい祭風景を呼び起こさせる。万太郎には祭の句が多く、「吉原の身寄いまなき祭かな（明四十三年）」「そらまめのおはぐろつけし祭かな（昭二十九年）」などがよく知られている。

歎かいの句

した、かに水をうちたる夕ざくら（大十五年）

「日暮里渡辺町に住みて」という前書がある（『草の丈』所収）。「した、か」は強いさま、あるいは沢山に、はなばなしくという意味の形容詞だが、そのひびきのよさがこの句を際立たせている。「水をうちたり」と間違って覚えている人が多い。もっともなことで「たり」とはっきり切字を置くのが常道かもしれない。しかし、万太郎はそれを承知の上で「たる」と軽く押えたのだ。それによってこの句が一層あえかな抒情をまとうようになったのだ。句に「抑え」が如何に重要かを示す好例である。

句集『草の丈』で日暮里移住直後の句として次の句を置いている。

大正十二年十一月、日暮里渡辺町に住む。
親子三人、水入らずにて、はじめてもちたる世帯なり。

味すぐるなまり豆腐や秋の風

「親子三人、水入らず」といい、「はじめてもちたる世帯」といい、感動に満ちた言いかたである。「味すぐるなまり豆腐」が、この前書で作家の心境を大きく裏うちしている。万太郎の住んだ渡辺町のいわば隣町といっていい田端町に芥川龍之介が、かねてから住んでいた。むしろ龍之介のさそいで近くに移住したのであろう。

芥川は万太郎が中退した府立三中の二年後輩で、少年時代から面識の仲であり、『薄雪双紙』（大正五年刊）など万太郎の著書に好意的な批評を書いているような間柄だった。

木がらしや目刺《めざし》にのこる海のいろ　（大六年）　龍之介

などシャープな感覚をはたらかせた句を、すでに示していた龍之介との交流が、隣り合わせの町に住むようになって、さらに親密になったことは想像に難くない。万太郎の処女句集『道芝』（昭和二年刊）の序を龍之介が書いていることにも、その消息がうかがわれる。

――久保田氏の発句は季題並みに分ければ、（中略）所謂天文地理の句も大抵は人間を、――生活を、――下町の匂を漂はせてゐる。（中略）余人の発句よりも抒情詩的である。（中略）久保田氏は下五字の中に「けり」を使ふことを好んでゐる。（中略）若し伊藤左千夫の歌を彼自身の言葉のやうに「叫び」の歌であるとすれば、久保田氏の発句は東京の生んだ「歎《なげ》かひ」の発句である――
『道芝』の序の一節だが、透徹した評眼で見すえているといっていい。作者の万太郎も充分満足したに違いない。と同時に万太郎身辺に芥川が在ったということが、万太郎の以後の俳句に大きな刺激をあたえたことは、たしかなことである。

芥川龍之介佛大暑かな　（昭三年）

前書に「昭和三年七月二十四日」と記しているように、自殺した龍之介への追悼である。一気に詠《よ》み下して「大暑かな」と詠嘆したところに、親友の死に対する深い哀しみが込められている。

万太郎の慶弔句は、ことにすぐれたものが多いが、弔句こそ「歎かひ」のきわみといってよかろう。万太郎は「式魔」と渾名《あだな》をされたほど儀礼を欠かさなかったが、それは単なる儀礼以上の、東京の職人気質《かたぎ》ともいうべき、律儀さが身にしみていたものといえよう。

河童忌や河童のかづく秋の草　（昭二十一年）

龍之介の忌日を河童忌《かっぱき》・我鬼忌《がき》と称する。

しらぎくの夕影ふくみそめしかな　（昭五年）

万太郎四十一歳の作である（『草の丈』所収）。白菊をあえて仮名書きにしたのは、夕影のただようあえかさを、表記の上からも感じさせせようという周到《しゅうとう》さからであろう。万太郎俳句にはこの「そめしかな」のように、動詞や形容詞に「かな」を付けた「吹流しのかな」の句が多い。名詞かな止めが常識的だが、それにくらべると、万太郎は「句はさり気なく」とか「句は浮ぶもの」と度々言っているが、それは内容だけでなく、こうした表現をとることをも意味していたと思う。

白菊の目に立てて見る塵もなし　芭蕉

冬菊のまとふはおのがひかりのみ　秋櫻子

これらの名句に上掲句は充分比肩しうるものと思う。それぞれの句の陰翳の差を見るのは興味あるところだ。

來る花も來る花も菊のみぞれつゝ　（昭十年）

この句の中心季題は「みぞれ（霙）」である。「昭和十年十一月十六日、妻死去」という前書がある。万太郎にとって最も悲しい弔句といえよう。「来る花も来る花も」とたたみかけて強い調子で言っているところに、嗚咽《おえつ》にも似た悔恨が感じられる。句としては前書の力を借りぬと切迫感が減じるという弱味があるが、短詩型の場合やむを得ぬことだ。弔句の名手と言われた作者が、みずからの妻の死を詠うことほど辛かったことはあるまい。

詩人の宿命ともいえよう。このあと万太郎は妹小夜子の助けを借りて一人息子の耕一との三人暮らしになる。

――葬式を出したそのあくる日から、わたくしは、自分でも信じられない位、たゞもう動きうごきつゞけたのである。なぜ、さうした、舵を失つた舟の、波の弄ぶに任せるやうな毎日を送らなければいけなかつたのか？……さうでもしてゐたら、いつか何かにぶつかるだらう……ぶつかれるだらう……と思つたに外ならなかつたからである。――

万太郎自身の述懐である。そんな状態でそれまで最もよき理解者であった水上瀧太郎（小説家・実業家）とも疎遠になってゆく。

上掲句（『草の丈』所収）は、その後没年に至るまでの二十九年間の、万太郎が「この世に生きるかぎり、ぼくは、この不幸な旅をつゞけねばならないのだらう」（句集『流寓抄』）とみずから認めている境涯を、すでにして暗示しているように思われてならない。「来る花も来る花も」運命は、万太郎の名声とはうらはらに、万太郎を裏切って散ってゆくのだ。

この翌年（昭和十一年）一月、万太郎と耕一は芝区（現港区）三田小山町に移住した。

絢爛たる枯淡

枯　野　は　も　縁　の　下　ま　で　つ　ゞ　き　を　り　（昭十一年〜十三年）

「病む」と前書を付けている（句は、『草の丈』所収）。「縁の下」と言って一軒の家を具現しながら実は、横たわった作者の肢体を想像させているのが巧妙である。その体の下に、ぼうぼうと広がる枯野の端がとどいているというのだ。それは、あたかも枯野のシーツの上に臥しているように感じられる。枯野にさらすおのが命の寂寥《せきりょう》感といってもいい。「はも」は深い詠嘆の助詞で、現実の枯原だけでなく作者の心象にある枯野への思い入れに大きく作用している。

一　句　二　句　三　句　四　句　五　句　枯　野　の　句　（昭十七年）

という作もあるが、これもまた枯野の句が、つぎつぎと「浮かぶ」という現実のことのみと解しては通俗になる。枯野への思いが、うたかたのように作者の心象に去来している状態として鑑賞するべきだろう。

久米三汀は万太郎句を「絢爛《けんらん》たる枯淡《こたん》」と評しているが、それは内容の枯淡に対して、垢抜《あかぬ》けした表現を絢爛と見たのではなかろうか。さしずめ上掲の枯野の句などにうってつけな評言といえよう。

昭和十四年、万太郎は五十歳になる。この年、万太郎が二十三歳の時以来、師事していた泉鏡花《いずみきょうか》が死んだ。「番町の銀杏の殘暑わすれめや」が追悼句である。

昭和十五年は皇紀二千六百年というスローガンのもとに戦意昂揚のため盛大な祝典が催された。反面、俳句では新興俳句に対する弾圧が行なわれ、二月以後、平畑静塔《ひらはたせいとう》（明三十八年生）らの俳人がつぎつぎに検挙された。万太郎にとっても、住みよい時代ではなくなってきた。

パ ン に バ タ た つ ぷ り つ け て 春 惜 む　（昭十七年）

昭和十七年四、五月にわたって、現地からの招きで演劇関係の調査のため満洲国（現、中華人民共和国東北地区）へ出張したとき、ハルピンのロシア料理店での作である（『草の丈』所収）。

ゆ く 春 や 鼻 の 大 き な ロ シ ア 人　（昭十七年）

も同時の作である。「たっぷり」といい、「鼻の大きな」といい、万太郎演出の舞台でもそうであったように、情と景にこまやかなたたずまいを描き出している。

この旅行は万太郎自筆によると「この国に於けるある層の日本人たち」とか「阿房宮は

つひに阿房宮だつた。生きた血のかよはないみてくれだけの……」と批判しているとおり、万太郎にとっては必ずしも満足する国家ではなかったようだ。むしろ、幼友達の大場白水郎との再会や居留民たちの歓迎句会に感動している。

あきくさをごつたにつかね供へけり　（昭十八年）

「昭和十八年十月、友田恭助七回忌」の前書がある（『草の丈』所収）。友田恭助《ともだきょうすけ》は築地小劇場出身の俳優で、これより前、昭和十二年に、万太郎が岸田国士《きしだくにお》、岩田豊雄《いわたとよお》らと図って結成した文学座の主要メンバーの一人であった。しかし友田は第一回公演の準備中に召集され、上海郊外の呉淞《ウースン》クリークで戦死した。

「ごったに」束ねたという表現に追慕の情が深められている。この俗語が、かえって飾らぬ作者の真情を余さずあらわし得たといってよい。この場合、作者自身の追慕であると同時に亡き友田への語りかけの姿勢が「つかね供へ」という措辞によって感じとられる。

俳句本来の性格である独白《モノローグ》でありながら、死者との対話《ダイアローグ》を背後に広がらせている句である。作者の実を表現すると同時に死者の虚を等量に背後に置いているのだ。万太郎流に言うと、「形と影」で作品世界を創造しているのだ。

死ぬものも生きのこるものも秋の風　（昭十二年）

友田の戦死の報に接したときの句である。

親一人子一人螢光りけり　（昭十九年）

「耕一応召」の前書がある。万太郎には螢の句が多い。「ふりしきる雨となりにけり螢籠（大六年）」「ほたるかご口をきかぬはきけぬなり（昭二十一年）」「人のうへやがてわがうへ螢とぶ（昭二十三年）」など、ことに愛誦されている。

掲出句（『草の丈』所収）は、それらの他の螢の句とくらべて、もっとも寡黙な句である。「親一人子一人」と日常会話でもよく使う言葉だけで、余分なことは何ひとつ述べていないのである。それだけに読者側にとっては大きな余情に引き込まれてゆくのである。父親と一人息子と、点滅する螢の一点の光と、それだけが闇と沈黙の中に点出されているだけなのである。

俳句は抒情詩であるが「抒情を言えぬ抒情詩」であるということを、上掲句がもっともよく示していると思う。

何もかもあつけらかんと西日中　（昭二十年）

「終戦」という前書がある。(『草の丈』所収)。八月十五日の所懐だが、ここでも「あっけらかん」という俗語を活かしている。国民すべてが「あっけらかん」にふさわしい、はぐらかされた実感で呆然自失したときだ。

いのちのはてのうすあかり

鳴く蟲のたゞしく置ける間《ま》なりけり　(昭二十一年)

句集『流寓抄』の巻末に「明治二十二年―昭和三十三年……」と題して、万太郎自筆の履歴書的感想が綴られている。その文章のしめくくりの部分に次のように記している。

知恵の輪
ちゑでぬけずに
ひよツくりと
はずみでぬけたおもしろさ
だからさ
かうもあくたれをいふぼくといふものは……
ま、よ

風、ふかばふけ。
雨、ふらばふれ。
といつて、あはれ、やまんとのみに……
殘菊のいのちのうきめつらきかな

この句集の巻頭には「昭和二十年十一月、ぼくは、東京を捨て、鎌倉にうつり住んだ。……そのとき以来である、ぼくに、人生、流寓の旅のはじまつたのは……」「かくて、この世に生きるかぎり、ぼくは、この不幸な旅をつゞけねばならないのだらう」と書いているが、そうした万太郎にとって、虫の音に耳を傾けるしばしこそ信じられるひとときであったのかもしれない（掲出句は『春燈抄』所収）。万太郎の小説も戯曲も、それは「間《ま》の文学」と呼ばれたように、間《ま》は書かれた文字や科白《せりふ》以上に重視しており、その間合から余情を盛り上げるものであった。万太郎が俳句で重視していた「切字」「切《きれ》」と同じである。しかし、人生の「間《ま》」は、この作家にとって作品のようにはいかなかった。「ちゑ」ではつくれぬ間だったのである。二十一年十二月、万太郎は三田きみと結婚した。五十七歳だった。

獅子舞やあの山越えむ獅子の耳　（昭二十二年）

この句（『流寓抄』所収）の水ぎわ立った表現は何よりも「あの山越えむ」ととらえた点にある。獅子舞の中には、多くのしぐさがあるが、その中で獅子が動きを静めて思いにふける場面がある。おりから笛の音は、「……あの山越えて、里越えて……」という子守唄の旋律をかなでる。床の上に顎を据えた獅子は、そのとき耳をぴくりと動かすのである。この子守唄の笛の音は、獅子だけでなく聴く人々を郷愁と深い思いにいざなう。そうした、しみじみとした情景を、獅子舞からくみとった句なのである。ゆきとどいた肌理《きめ》の細かい芸である。

この昭和二十二年、万太郎五十八歳。日本芸術院会員に推されている。

古暦水はくらきを流れけり（昭二十六年）

万太郎の句には「水」を詠ったものが多い。

秋風や水に落ちたる空のいろ（大十二年）
短日やされどあかるき水の上（昭十三年〜昭十七年）
短夜のあけゆく水の匂かな（昭二十一年）
ゆく年や草の底ゆく水の音（昭二十二年）

いずれの句も、川や沼という指定をしていない。そうした限定をしていなくていいのだ。何故なら、これらの「水」は現実に還元して表現した水であるのだが、その根源においては、作者の心の底にたたえられている水であるからだ。年代順に万太郎の心底の水面を見るとき、読者はそこに水の面が明から暗へ、次第にたそがれに向かって行くのを感じるであろう。そして「くらき」底になお一と筋流れる水になってゆく。それは人間万太郎にとって、いのちの水であったことに疑いない。安住敦が後日、その句集『古暦』（後述）の序句として貰い受けた句である（『流寓抄』所収）。

燈籠のよるべなき身の流れけり　（昭三十二年）

万太郎六十八歳（右の句は『流寓抄』所収）。この年二月、一人息子の耕一に先立たれる。

親一人あとにのこりし螢かな　（昭三十二年）

また、数年前に再会した愛人三隅一子《みすみかずこ》とのこともからみ家庭不和がつづいていた。次の作品に、それぞれの消息が知られる。

連翹やかくれ住むとにあらねども　（昭三十二年）

何かなき世のはかなき夏のひかりかな　〃

耕一、百ヶ日

尋《と》めゆけどゆけどせんなし五月闇　〃

秋しぐれいつもの親子すゞめかな　〃

一生を悔いてせんなき端居かな　（昭三十四年）

煮大根を煮かへす孤独地獄なれ　〃

万太郎のこうした内に渦巻く心境にかかわりなく、昭和三十二年一月には小説「三の酉《とり》」で読売文学賞、十一月には文化勲章という栄誉をあたえられる。しかし万太郎自身の心のうちは、

霜、寒やしるしばかりに松を立て　（昭三十五）

の句と、前書の「――心、さらにたのしまず」が、いつわりなき心境であった。まさに「よるべなき身」を流寓にまかすほかはなかったのである。万太郎は「丶」（チュ）も字の内と言って句中に使った。

湯豆腐やいのちのはてのうすあかり　（昭三十八年）

三隅一子《みすみかずこ》とのめぐり合いによって、ひそかに安らぎを得たかに見えた万太郎の私生活はそれほど長くは続かなかった。三十七年十二月、一子が不帰の人となったのである。しかも帰宅の遅い万太郎を屋外で待っていたことが遠因ともなって倒れたのである。

何をよぶ海の聲ぞも毛絲編む　（昭三十五年）

まゆ玉のしだれひそかにもつれけり　（昭三十六年）

こしかたのゆめまぼろしの花野かな　（昭三十七年）

十月十日、白水郎逝く

露くらく六十年の情《じょう》誼《ぎ》絶ゆ　（昭三十七年）

これらの作に感じられるように、すでにして心弱くなっていた万太郎は、一子《かずこ》の死によって、身と心の支柱がにわかにくずれ落ちた思いであった。寿貞に先立たれた芭蕉と同じ心境だ。

上掲句（『流寓抄以後』所収）は「一子の死をめぐりて」と前書のある作に続く句である。湯豆腐の湯気のはてに、ほのかにともる「うすあかり」、それはいのちの灯である。ただ一人とり残されて生きてゆかねばならぬ命の灯なのである。人生流寓のはてにこの作家が見出した宿命とも言うべき「うすあかり」だったのである。

鮟《あん》鱇《こう》もわが身の業《ごふ》も煮ゆるかな　（昭三十八年）

前掲の句と同時期の作と推定される。すでにして、かつて詠った「孤独地獄」などを超えたものである。その後の句では

人の世のかなしき櫻しだれけり　（昭三十八年）

世に生くるかぎりの苦ぞも蝶生る　（昭三十八年）

あぢきなき晝あぢきなく目刺焼け
牡丹はや散りてあとかたなかりけり

などが見られるが、よそ目にも「あぢきなき」日々を過していたことは想像がつく。

万太郎は、昭和三十八年五月六日、それはまるで約束していたかのように、一子のもとへ急ぐように急逝した。

当日は中村汀女《なかむらていじょ》（明三十三年〜昭六十三年）主宰の俳誌「風花《かざはな》」十五周年記念大会に出席したあと、「春燈」の弟子である稲垣きくのの病気を見舞い、夕刻、市ヶ谷の梅原龍三郎《うめはらりゅうさぶろう》邸に食事に招かれた席で、突然倒れたのである。食餌誤嚥による気管閉塞窒息が原因であった。死後、従三位勲一等に叙せられた。法名は「顕功院殿緑窓傘雨大居士」。墓は本郷、東大赤門前の喜福寿寺にある。五輪塔をかたどった小さな美しい墓である。


（有斐閣新書『わが愛する俳人』第二集　一九七八年刊に加筆）

万太郎俳句序論

正岡子規の俳句革新よりこのかた河東碧梧桐、高浜虚子を経て現代に至る俳句の系譜を銀河系と仮定するとき、俳人久保田万太郎の存在は、かのアンドロメダ大星雲にもたとえられる銀河系外星雲と言ってよかろう。

万太郎の師系は端的に言えば子規…夏目漱石―松根東洋城―万太郎という系列になる。子規…漱石は師弟ではなく、親友関係である。

さらに其角堂門流の籾山梓月、雪中庵嵐雪系累の増田龍雨《ますだりゅうう》（明七年～昭九年）の影響を大きく受けている。

万太郎自身「江戸庵（籾山梓月）によって古句に親しむ美しい心もちをはぐゝまれた」「旧師東洋城へはるかにわたしはわたしの敬愛の意を表したい」（句集『道芝』自跋　昭和二年刊）と述べている。

文学的に早熟だった万太郎が俳句をつくりはじめたのは中学三年（十六歳）の頃からで「みやう見真似、自分にたゞわけもなく十七文字をつらねて満足した」と言い与謝野晶子や薄田泣菫に傾倒しており「短歌や詩のはうにより多くの愛着を感じてゐた」という。

これは文学的に多感な少年なら当時、誰もが踏襲した傾向であって万太郎のみのことではない。その万太郎が半分は興味本位で「運座（句会）まはり」をしている間に、梓月や岡本癖三酔《おかもとへきさんすい》（明十一～昭十七年）らの三田俳句会によって「わたしの俳句に対する眼は漸次落ちつきと熱意とをもつて來た」のである。

多くの俳人たちと同様に、万太郎もまた、こうした俳縁の奇遇によって深みにはまっていったのである。

堂鎖してあとに音なき寒さかな　吉田　冬葉

うそ〳〵と鼠の顔の寒さかな　〃

二点句以下は略すが、右は昭和七年十二月九日の例会。会者十一名、課題「寒さ」で句作した。この月は忘年会を兼ねて、さらに二十三日にも交詢社で会合している。会者は八名、課題は「餅搗」と「冬至」であったが、

よく凪ぎて海あたたかき冬至かな　大場白水郎

と、熱海を詠んだ白水郎の「冬至」の句のみが三点を獲得、好評であった。この日の二点句の一部を記すと、

内方の引裾寒し餅莚　籾山　梓月

風ふいて〳〵暮れたる冬至かな　大場白水郎

塗膳の拭きて重ねし冬至かな　　久保田万太郎
呼鈴の損じつくらふ冬至かな　　〃
豆腐屋のこゑ暮れてきく冬至かな　　吉田　冬葉

といったところで、冬葉の「豆腐屋」の句は豆腐好きの万太郎の句かと、思いたくなる趣である。

交詢社句会は、毎月課題を出して、当日は総互選、特別むずかしい論評もなく、サロン的な雰囲気であった。課題を出して作句するのだが、少しおくれて来ても万太郎はいつも手際よくすぐ投句していた。披講は万太郎がすることもあった。自分の句が抜けたときは、少し声を落として名乗りを上げるところは全く冬葉と同じであった。この句会は少ないときは、五、六名、大体十二名前後でいつも万太郎か冬葉が最高点のようであった。「いとう句会」のようなメンバーではなく、俳句を趣味にしている実業人が多く、社長や重役がメンバーであった。

或る夜、銀座の〝をかざき〟で万太郎と冬葉は浅酌、ほろよい機嫌の万太郎は、近くの〝サロン春〟へ冬葉を誘った。冬葉は酒は好きだったが、こうした環境は全く駄目、取り巻く女性たちをもてあますのであった。そうしたとき、ヒョッコリ久米正雄が這入って来た。冬葉は初対面。後年、冬葉は「私は、ああした場所はにが手だ。やっぱり野に出かけて俳句をつくっていた方がよい」などと、言いながらも万太郎や久米の俳句は本物だと評していた。

万太郎は三田俳句会のメンバーであった岡本松浜を識り「かれの巧緻をつくした、戯曲的な、小説的な人事句についてまなぶところが多かつた」と述懐しているが、このことは、後年、戯曲家・小説家として名をなした万太郎を語るとき無視出来ぬことだと思う。松浜が東京を去るに当たって万太郎は東洋城にあずけられ、その膝下で「――身を粉にくだいてわたしは精進した」のである。引用は句集『道芝』の自跋からのものだが、この跋は万太郎自身が、その五十数年の俳歴の初期二十年間をみずからしめくくった記録として貴重な資料である。

句集『道芝』は万太郎の処女句集で芥川龍之介が序を記しているが、その文中で〈久保田氏の発句は東京の生んだ「歎かひ」の発句である〉と評した言葉は、以後万太郎俳句を語る場合、きわめつけのものとなった。

――即興的な抒情詩、家常生活に根ざした抒情的な即興詩。――わたしにとつて「俳句」はさうした外の何ものでもありえない。……はッきりさうわたしにみとめがついたのである。

同じく『道芝』自跋における万太郎の言葉であるが、この時点はっきりと万太郎の俳句観を明言したものとして重要な一節である。彼自身「みとめがついた」と断言しているが、以後、表現のニュアンスは変っていても、ついにこの信条は一貫して変ることがなかった。

——全体、発句といふものは技巧一つのものである。技巧なしには発句は存在しない。（中略）さうして、切字といふやうな約束をわすれて、この短い詩形ばかりが特に持つてゐる音律について全く盲目なやうなものをわたしは何の価値もないものとする。——いふまでもなく、わたしは、「海紅」の碧梧桐氏の主張、「層雲」の井泉水氏の主張、さうして「石楠」の乙字氏等の主張——それらはすべて、独断《ドグマ》と偏見《プレデュヂス》とに固められてゐるところの主張に向つて、心からの嘲笑をおくるものである　（『藻花集』の後に）

大正六年に刊行された上川《かみかわ》井《い》梨葉《りよう》、野村《のむら》喜舟《きしゅう》、大場白水郎、長谷川《はせがわ》春草《しゅんそう》（明二十二〜昭九年）らの合同句集に寄せた万太郎の跋の一節であるが、かなり意識的に他流批判を行なっている。

大正六年（一九一七）といえば、その前年、高浜虚子が国民俳壇の選を東洋城の手から再び取り戻し両者の確執の激しくなったときである。二十八歳で意気盛んな万太郎が師東洋城に意識的に肩をもった発言もうなずかれるところだ。しかし、それは内容論ではなく、俳句の「技巧」と「切字」の二点を武器として論破しようとしているのは強引な論鋒だったと言ってよい。逆に言えば「技巧」と「切字」は「身を粉にくだいた」結果の自信があったわけで、内容論の弱味は敢て回避したのだろう。また当時の俳壇の潮流はその程度のものだったのである。

ぬれそめてあかるき屋根や夕時雨　（大六年）
水鳥や夕日きえゆく風の中　（大六年）
年の暮形見に帯をもらひけり　（大五年）
奉公にゆく誰彼や海贏廻し　（明四十二年）
短日や國へみやげの泉岳寺　〃

これらに、技巧や切字の妙技を認めることは異存が無いが、『道芝』跋で、はっきりみとめをつけた「家常生活に根ざした抒情的な即興詩」の詩境に悟入するまでには、このあと十年を要するのである。その間、大正十二年以降、芥川龍之介との交遊による万太郎の詩的内容の充実は見逃せない。その後の万太郎俳句がその深化と引きかえに、人生的「歎かひ」を代償としていったことは、芥川の予見が的中したということだけでは済まされぬ人世の皮肉が感じられる。

『道芝』は昭和二年（一九二七）五月の刊行だが、そのあと七月二十四日、芥川は自殺する。

芥川龍之介佛大暑かな　（昭三年）

万太郎の追悼吟である。

この頃から、昭和二十年終戦までを、万太郎俳句の中期とすることに異論は無いようだ。この中期は、国家も軍国主義の泥沼にのめり込んでゆく乱脈の時代であり、万太郎文学にとって住みよいはずはなかった。加えてその名声とはうらはらに個の波瀾が重なっていった。

した、かに水をうちたる夕ざくら　（大十五年）
親と子の宿世かなしき蚊遣かな　（大十二〜昭二年）
さびしさは木をつむあそびつもる雪　（昭二年）
しらぎくの夕影ふくみそめしかな　（昭五年）
　昭和十年十一月十六日、妻死去
來る花も來る花も菊のみぞれつ、　（昭十年）
一句二句三句四句五句枯野の句　（昭十七年）
秋扇たしかに帯にもどしけり　（昭十九年）

これらの作が、洗煉された言葉扱いの間隙に個の陰翳をたゆたわせている点を見落としてはなるまい。万太郎俳句の一大特徴である「間《ま》」の確立がなされた時期である。

いま仮に、これから万太郎俳句を勉強したいという質問があったとしたら、筆者は、「まず第一に、万太郎後期の句集『流寓抄』と『流寓抄以後』から、お読みなさい」と奨めるであろう。即ち、昭和二十一年から昭和三十八年五月六日、万太郎七十三歳の没年までの作品集である。極端な言い方をすれば、万太郎俳句の真髄は後期のみで足りるのである。一段ゆるめたとして中期・後期でいい。初期作品は、明治・大正時代の俳句界をのぞき、万太郎俳句のいわば準備時代を知る参考にはなるだろう。

　中期・後期は昭和の時代であり、近代の洗礼を受けた上での所作であるからだ。

『流寓抄』は、東京を空襲で焼け出され転々とした末、鎌倉に移った昭和二十年十一月から、昭和三十三年秋、万太郎六十九歳までの作品集である。ついでに言えば『流寓抄以後』はそのあと没年の昭和三十八年五月六日、七十三歳までの作品を没後、安住敦らが編んだものである。

　海、窓の下に手にとる如くみゆ

　ふゆしほの音の昨日《きのふ》をわすれよと

『流寓抄』の巻頭の句である。この句は昭和二十二年に刊行した句集『春燈抄』に初出のときは「ふゆじほの……」であったが、『流寓抄』に包含するときに「ふゆしほ」と改められている。これだけでなく、万太郎は句を再録するときのみならず、つねに自作に推敲を加えていた。句に対する執着と、言葉に対する厳しさを示すものといってよい。

　さて、上掲句だが、百八十度の変転した敗戦後の世相の中にあって、万太郎の新しい時代に対しての心機一転の気持ちが、「昨日をわすれよと」に強く感じられる。戦争の時代には不向きな文学で逼塞していた万太郎の起死回生の意気が思われる。しかし実際は、そのようには行かず、その没年まで「市井人」「うしろかげ」「三の酉」などわずかの小説・戯曲を残すのみで、俳句作品のほうがはるかに業績を示したといってよい。

劇壇・文壇の名誉職として多忙であったが、戦後文学の血みどろな様相に伍してゆくには、万太郎の小説・戯曲はあまりにも抒情濃厚であり過ぎたといえよう。

ところで句集『春燈抄』後記で、万太郎は次のように述べている。

——この集の句のほとんどすべてを、わたくしは、昭和二十一年一月以降、雑誌「春燈」に毎月義務として連載したのであります。これは、逆にいつて「春燈」もしなかりせば、この期間、わたくしはこれだけの収穫はえられなかつたかも知れないのであります。（以下略）

この文における——「春燈」もしなかりせば——は正しく、万太郎俳句は彼自身のいう「小説家としての〝余技〟」に終わったであろう。

「春燈」は昭和二十一年一月、焦土の中にいち早く抒情復興をかかげて発刊され、現在もなお継承されている。三十五年間、それは万太郎を擁立した安住敦の執念ともいってよい努力で続けられた。だから「安住敦もしなかりせば……」と置き換えてもよい言葉である。

——「春燈」的色合とは何を指すか？　空想的傾向、あるひは、抒情的傾向の強さである。いふところの「写生」に安住し切れないかれらの哀しみの襞であり、またよろこびの翳である。

——〝影〟あつてこその〝形〟……

便宜、これを俳句の上に移して、〝影〟とは畢竟〝餘情〟であるとわたくしはいひたいのである。そして〝餘情〟なくして俳句は存在しない。

「春燈」創刊当時の万太郎のこれらの言葉は、その後、「俳句は縫ひとりのやうなもので、その表面の美しさの裏側に、多くの糸が複雑に絡んでゐる」というように譬は変っても、思想は変るものではなかった。——「写生」に安住し切れない——という言葉は「写生」を否定しているのでは無い。写生の上に、おのれの〝影〟即ち生命の余情を積み重ねよということなのである。

これらの言葉は、結果的には万太郎俳句の後期をみずから予言したものともなった。

人のうへやがてわがうへ螢とぶ　(昭二十三年)

翁忌やおきなにまなぶ俳諧苦　(昭二十七年)

山茶花によるべみつけし日ざしかな　(昭二十八年)

二月二十日、耕一、死去

春の雪待てど格子のあかずけり　(昭三十二年)

煮大根を煮かへす孤獨地獄なれ　(昭三十四年)

まゆ玉のしだれひそかにもつれけり　（昭三十六年）
湯豆腐やいのちのはてのうすあかり　（昭三十八年）
鮟鱇もわが身の業も煮ゆるかな　〃
春の灯の水にしづめり一つづつ　〃

一人息子に先立たれ、晩年ようやく心の「よるべ」として得た愛人の死に遭い、老の孤独地獄に、「いのちのはてのうすあかり」を生涯かけた十七音につなぎつづけたのである。芭蕉が愛人寿貞の死の数ヶ月あと、みずからもその跡を追ったように、万太郎もまた翁のごとく不慮の死を遂げ、愛人のあとを追った。

芥川はかつて万太郎の「歎かひ」を歌人伊藤左千夫の「叫び」に匹敵させて評したが、上掲の作品に「いのちの叫び」を聴くことは容易であろう。即ち俳人久保田万太郎は「写生」という銀河系に安住しきれぬ人生悲喜の叫びを詠い抜いた「銀河系外星雲」として輝きつづける存在なのである。

（俳句総合誌「俳句とエッセイ」一九八〇年三月号）

第Ⅱ章　影あってこその形〈各論篇〉

久保田万太郎俳句管見

非私小説

浅草観音堂に向かって右側が浅草神社、俗に三社様《さんじゃさま》と呼ばれている神社の境内となっている。

三社様境内のひと隅に久保田万太郎の句碑がある。舞台装置家の伊藤熹朔《いとうきさく》の設計による角柱型の、モダンなデザインである。万太郎自筆の次の句が彫ってある。

竹馬やいろはにほへとちり〴〵に　万

碑の裏側の撰文を見よう。

記

久保田万太郎ハ東京ノ人　明治二十二年十一月七日生レ　昭和三十八年五月六日

ニワカニ逝ク　慶応義塾在学中年二十二ノトキ小説朝顔ノ一篇ニヨッテ文壇ニ知ラレテ以来五十年　小説戯曲及ビ俳句ニ名作多ク前ニ日本藝術院会員ニ選バレ　後ニ文化勲章ヲ授ケラレ更ニ逝去ニ際シ従三位勲一等ニ叙セラレタノハソノ榮トスルトコロト察セラル

久保田ハ浅草ニ生レ浅草ニ人ト成ル　観世音周辺一帯ノ地ノ四時風物トソノ民俗人情ヲ描イタ大小ノ諸篇ハ日本文学ニ永ク浅草ヲ伝エルモノトイウベキデアロウ　ココニ有志ノ者等相図リ　コノ地ヲトシ　句碑ヲ建テテ其人ヲ偲ブ

時ニ昭和四十年十一月七日　　小泉信三

万太郎の概要を知るのに最も簡潔にして要を得た文章である。「ニワカニ逝ク」とあるのは、画家梅原龍三郎邸で会食中、赤貝を誤嚥し窒息死したことを指す。七十三歳であった。「日本文学ニ永ク浅草ヲ伝エル」とあるが、万太郎の戯曲、小説の殆んどが、浅草ないし東京下町を舞台として、そこに生きる人々の哀歓を陰翳深く描きつづけたからである。

「トシ」は「賭し」で大切なものに供する意だ。ここで特筆しておきたいことは、浅草や下町の人々と勘違いしてはならぬことだ。舞台や場面が浅草ないし東京下町を借りているというだけなのである。描かれている男や女は情愛と善意豊かで、生きる哀れと愛《かな》しさを作者は追求しているのだ。だから例えば巴里の下町に相嘆き合う男女として飜案できるストーリーや場面がいくらでも出てくる。

万太郎はこれら戯曲や小説を書くに当たって市井巷間の中から題材を得て、万太郎独自の抒情を醸成して構成している。会話の「間《ま》」と余韻の扱い方が、見る側、読む側の思いを深く誘い込む。

それゆえ万太郎の戯曲・小説には私小説的要素も反映も皆無に等しいといってよい。個人でなく、人世共通のただならぬ哀れを追求しつづけたというべきであろう。

私俳句

万太郎は自分の俳句について、しばしば「余技」と言い「かくし妻」とも言った。さらに「そのとき〳〵のいろ〳〵な意味に於ての心おぼえと、いふことは、わたくしにとつて、所詮は、わたくしの……小説家であり、戯曲家であり、新劇運動従事者でありする、わたくしの心境小説の素《もと》に外ならないのである」と記している。

万太郎俳句に慶弔句が多くすぐれており、前書の多いことは定説となっている。「心おぼえ」というのに異存はない。

昭和十八年十月、友田恭助七回忌

あきくさをごつたにつかね供へけり
七月二十四日、芥川龍之介についてのおもひでを放送
河童忌や河童のかづく秋の草　（昭二十一年）
大阪にて、ゆくりなく故水上瀧太郎を知れる人に逢ふ。
その人、ありし日のその豪酒ぶりについてつぶさに語る。
熱燗のまづ一杯をこゝろめる　（昭二十六年）
船津屋とは〝歌行燈〟に描かれたる湊屋のことなり。すなはち、
主人念願の記念碑のためにつぎの一句をおくる。
獺に燈をぬすまれて明易き　（昭三十年）

これらの句は一例だが、仮りに前書を省略しても、何ら独立性はゆるがない。むしろ、前書の相手をよく知らぬ読者にとっては無くて充分だといえる。

ところで「わたくしの心境小説の素」という言葉は万太郎俳句にとって見落としてならぬ重要な発言である。「建前と本音」は好きな言葉では無いがよく使われる。万太郎の戯曲と小説を建前とした場合、俳句は明らかに本音といってよい。即ち「かくし妻」に対するごとき愛情を、人知れずこそ注いでいたと断言できよう。「余技」とは建前に対する遠慮とテレに違いなかろう。

われとわがつぶやきさむき二月かな

詠みし句のそれ〴〵蝶と化しにけり

わが唄はわがひとりごと露の秋

正直にものいひて秋ふかきかな

本技には出さなかった本音が、余技には、はばかることなく詠われているわけだ。万太郎俳句は万太郎の「つぶやき」であり、正直に言った「ひとりごと」なのである。そして言ってしまえばそれきりの「蝶と化《け》し」なのである。

だから万太郎文学には「私俳句」はあるが「私小説」は無いといっていい。石田波郷が「俳句は文学ではない」と喝破した一つの根拠も「私俳句」性を含んだものと言え、万太郎に通じる。

芥川龍之介は万太郎俳句を評して「市井歎かひの詩人」と言ったが、それは露の玉のかがやきにも似た一句一句のつぶやきだと思う。

虚実

なにがうそでなにがほんとの寒さかな

昭和二十四年に発表された小説「市井人」は市井の俳人たちのゆくたてを語った名作

で、翌年、続篇の「うしろかげ」を書いている。

「なにがうそで——」の句は、その頃以後、揮毫を頼まれるたび繰り返し染筆していた。この「うそ—ほんと」という虚実感は万太郎が生涯追求しつづけたものである。この句は、のちに昭和三十年の句で次のような形になって再現されている。

水中亭内田誠君、逝く。

……おもはざりき、この人に、かゝる寂しき晩年のあらむとは……

何がうそでなにがほんとの露まろぶ

万太郎は、その生涯で八千百余句、季題の数で一千五十余りが記録されている。季題のベストテンの八割までが天文・時候だが、それは心境や虚実感を仮托するのに実体を持つ物より密着性がよかったからに違いない。参考までにベストテンを多用順に紹介しておこう。

時雨、桜、秋風、寒さ、短日、梅雨、月、梅、雪、露

東京に出なくていゝ日鷦《みそ》鷯《さゞい》

昭和二十年、空襲で東京を焼け出されて鎌倉に住んでいたとき、「いとう句会」でつくった即吟である。同席の人達と次のような会話が交された。

――先生、みそさざいが居ましたか……

――見なけりゃ作っちゃいけませんか

――？……

自信をもってズバリと万太郎に切り返されて一同キョトンとしたという挿話は有名である。劇壇・文壇で多忙をきわめた万太郎は「東京に出なくてい丶日」の愉しい心境を言うことにひたすらで、鳥の有無は第二、三義でよかったのである。むしろ「みそさざい」というリズムに心うれしさを乗せたのだともいえよう。

きぬかつぎむきつ丶春のうれひかな

昭和五年作。この句に限らず万太郎俳句には季重ねが多い。しかしこの場合は「きぬかつぎ」（秋）と「春愁ひ」の重なりゆえ読者はとまどう。勿論、かなの切字に先行する「春のうれひ」が季題であって「きぬかつぎ」は季題を喪失した単なる物である。事実、冬を越したきぬかつぎはことに酒の肴などでは珍重される。つるりと皮を剝く感触、あるいは作者自身でなく、しなやかな指づかいの女人を想像してもよい。要は「きぬかつぎ」

にこと寄せた「春のうれひ」の抒情なのである。

絢爛たる枯淡

万太郎は「形」を大切にした。約束だからである。五・七・五の十七音、季題、切字の三つの約束を尊重した。それは、江戸以来の東京の町民（市井人）が規矩を守って生活を支え合った心根で、万太郎の信念であった。

しかしその「形」は「〝影〟あってこその〝形〟」という条件を満たした上でのものなのである。〝影〟とは作者の生身の心境に通じるものだ。

かつて久米三汀は万太郎俳句を「絢爛たる枯淡」と賞讃した。

「絢爛」とは万太郎の言葉の操作に見られる味わいと歯切れのよさを指すものと見てよかろう。「……春のうれひかな」のような「吹流しのかな」などは万太郎ならではの即興的妙味といえよう。

「枯淡」は、人世悲喜を乗り越え、虚実を見きわめてこそ達する境地と解して異議はなかろう。人間そのものの存在を「虚」と認識せねば俳諧の「実」を創造することはむずかしい。

万太郎は少年時代よりいち早く俳句に手を染めて、文壇・劇壇に活躍した。しかし終生句作を止めることは無かった。万太郎が句作を開始した十六歳頃は、あたかも子規没後、高浜虚子・河東碧梧桐が競合しはじめた新しい俳壇の興隆期であった。

万太郎は虚・碧俳壇の圏外で、町なかの運座（句会）で技を磨き、やがて慶応義塾学生の当時、江戸庵籾山梓月に接し俳諧の機微を学ぶ。さらに松根東洋城の下で徹底して技を磨くとともに、その心境表現の主張に賛同し実践を重ねる（明治四十一～四十三年、十九～二十一歳）。関東大震災以後、はじめて下町を離れ日暮里に移住し、近くに住む芥川龍之介と親しく交流するに及び、俳句の近代性への確信を強めてゆく。

こうしてみると万太郎の俳歴は、正岡子規の俳句革新以来の俳壇の主流からは外れた流れの中で抒情の火を育てていったといえる。

久保田万太郎は今後、小説家戯曲家として以上に俳人としての名が、より永く残るであろう。何故ならば、その作品群が俳句史の宇宙のひとところに異彩を放ちつづける星雲として輝きつづけているからである。後続の俳人たちにとって、それは一度は洗礼を受けねばならぬ未来性をもつ光芒といえるだろう。

万太郎の晩年は、その名声にもかかわらず個人としては孤独でありすぎた。

火災や戦災で十回に近く棲家を変え、一人息子そして先妻や愛人に先立たれ、まさにみずからの句集の名のとおり〈流寓〉というにふさわしい生涯であった。

一トすぢのまことにすがる寒さかな

翁忌やおきなにまなぶ俳諧苦

遮莫焦げすぎし目刺かな

しかし万太郎の人生流寓は、芭蕉のひそみにならう俳諧苦を心とした、まことひとすじに支えられた光栄ある流寓であったと思う。

一輪の牡丹の秘めし信《まこと》かな

死の前の句帖最後に記された句である。劇壇・文壇の最高権威者としては、あるいは「焦げすぎ」であった反面、俳人生においては、ひたむきに信《まこと》にすがった万太郎は、それ自身が人間虚実の体現であったように思われる。

（俳誌「鷹」一九八三年八月号）

久保田万太郎の私俳句

「花の山」の句をつくる必要にわたくしは迫られた。……かいくれ見当のつかないけしきである。……わたくしは、わたくしを、出来るだけ静かにした。と、そのとき、ふッとわたくしの胸にかうした十七音が浮んだ。

はなのやまゆめみてふかきねむりかな

こしらへやうと思つて出来る句ではない。……すぐにわたくしは、それを紙に書いた。……同時に、わたくしにもその必要があり、そこにわたくしが自殺するならば、そのままにこの句は辞世として残るであらうことをわたくしは感じた。

久保田万太郎が、昭和九年、四十五歳のときに書いた文章である。

この昭和九年に、万太郎は水原秋櫻子・富安風生・久米三汀・高田保・小島政二郎その他のメンバーで「いとう句会」を発会した。さらにこの年は第一句集『道芝』(昭和二年刊)につづいて、第二句集『もゝちどり』を刊行し、翌昭和十年、第三句集『わかれじも』、同十一年、第四句集『ゆきげがは』と立てつづけに上木している。

即ち、万太郎の俳句熱がいよいよ燃焼したことを証するものであり、彼自身、上掲の文章に見られるごとく、即興の一句であっても「辞世の句」としての覚悟を、自信をもって、堂々と言い放つに到った時期である。言い換えれば俳句観の確立である。

万太郎は、その小説・戯曲の創作以前に、十六歳の頃から句作をはじめた。万太郎の句業を初期・中期・後期と分けて考えると、次のようになる。

初期　明治四十年（十八歳）―大正十一年（三十三歳）
中期　大正十二年（三十四歳）―昭和二十年（五十六歳）
後期　昭和二十一年（五十七歳）―昭和三十八年（七十三歳）

慶応義塾文科在学中の二十二歳のときに書いた小説「朝顔」で一躍盛名を馳せて以来、いまや文壇・劇壇のゆるぎなき地歩を占めた万太郎が、一時は文壇へのはばかりから句作していたことを匿すときさえあった俳句に、大きな情熱を注ぐに到ったのは何故だろう。「三ッ児のたましい……」というだけで無いものを感じる。

万太郎の小説や戯曲は、その大半は彼の生い立った東京下町の風物と、そこに生きる人間模様でつくられている。それゆえ一見、万太郎の「私小説」と誤解されやすいが、事実は「つくられ」たものであって私小説ではない。見聞きした人間たちの葛藤―その生きるさびしさ―を、万太郎が「演出」しているのである。

一方、これに対して万太郎俳句は、その初期の一部は別として、すべて「私俳句」と断言してよい。そしてその「私俳句」は、中期において、いよいよ強固に確立されたといえよう。中期の句から拾ってみよう。

長男耕一、明けて四つなり

さびしさは木をつむあそびつもる雪

昭和三年七月十四日

芥川龍之介佛大暑かな

わが恋よ

寒き灯のすでにゆくてにともりたる

昭和十年十一月十六日、妻死去

來る花も來る花も菊のみぞれつゝ

病む

枯野はも縁の下までつゞきをり

短日やされどあかるき水の上

京橋木挽町のさる方にて

舟蟲の疊をはしる野分かな

一句二句三句四句五句枯野の句

うすもののみえすく嘘をつきにけり

昭和十八年十月、友田恭助七回忌

あきくさをごつたにつかね供へけり

耕一応召

親一人子一人螢光りけり

八月二十日、燈火管制解除

涼しき灯すゞしけれども哀しき灯

万太郎の句集を読むと、前書の多いのに驚く。「私俳句」たるゆえんである。しかも前書がその割に気にならぬのは、前書が軽妙だからであろう。前書を省いても一句としてそれぞれ鑑賞に耐え得る。

上掲第一句は初案では「淋しさはつみ木あそびにつもる雪」（昭和二年）であったが、のちに『久保田万太郎句集』（昭和十七年刊）収載のとき「淋しさはつみ木のあそびつもる雪」と改められ、さらに昭和二十七年「さびしさは木をつむあそびつもる雪」と書き替えられた。前後二十五年を費やした推敲である。「私俳句」ゆえの執心といえよう。

関東大震災で焼け出された万太郎は、芥川龍之介の手引きで山の手の田端（のち日暮里）に移住する。龍之介から受けた影響は大きい。

万太郎の妻京は大場白水郎の義妹であったが、一子耕一を遺して自殺する。「来る花も来る花も……」のリズムに万太郎の悔恨がせき込んでいる。

万太郎は、「俳句は作るものではなく、浮かぶものだ」としばしば言っていたが、「一句二句三句四句五句……」の句のように、少なくも万太郎にとっては、興が乗れば立てつづけに「浮かぶ」ものであった。

万太郎は「俳句は――即興的な抒情詩、家常生活に根ざした抒情的な即興詩」（句集『道芝』跋）という所説を、これを書いた昭和二年（三十八歳）以来、一貫して変えていない。

万太郎の小説、「市井人」「うしろかげ」は昭和二十四―五年（六十歳―六十一歳）に書かれたもので、俳人増田龍雨を中心人物のモデルとして、大正から昭和初期の東京下町の俳人たちのゆくたてを物語っている。俳句については実作以外には寡黙であった万太郎は珍らしく、この二部作の小説の中で俳句についての感想を述べている。一部を抄出しよう。

――その自然つてこつた。……アテコミつ気のないつてこつた。……生活がで、いるつてこつた。……いやしくも、句を詠むなら、そういう句を詠まなくつちやアいけない、それがほんとの芭蕉の道だ……

――しろうとを、まづ、感心させられる句を詠むことが作者としての義務です、くろうとを感心させることはたやすい。

――自然を、人生を、おのづからなつかしむこゝろで、やがてそれがあはれむこゝろとなり、いたはるこゝろとなり、そして、あはれみ得、いたはり得て、すなはちたのしむという俳諧大乗に入るので……

――浪は遠く引いて、闇は、しん〳〵としづかになる。寒さが目のさめたやうに圧してくる。（中略）かういうときのわたしは、神明仏陀にすがつたり、生死の明暗を考へたりするやうなことはない。直ちに何か句を作らう、とする。過去の春秋を探るもよし、現在の苦悩を残すもよし、ともかくも一句を得んとする瞬間の「安らかさ」が匂ふ。

わたしは、それを、わたしの大きな宗教としてわたしに感謝してゐる。

さめてゆく湯婆と知れど眠りけり

これらの言葉は、小説の中の市井の俳人たちによって語られているのだが、同時に背後で人物を演出している万太郎の俳句観なのである。最後の引用は「うしろかげ」で零落して病いの床にある日暮庵蓬里（増田龍雨）の死の前の文章であるが、そのまま万太郎の心境に重なったものといえる。「さめてゆく湯婆と知れど眠りけり」は、それより十二年

後、万太郎が死の半年前に詠んだ、

湯豆腐やいのちのはてのうすあかり

に脈絡一貫するものを感じる。

万太郎は俳句の約束として「十七音・季語・切字」を力説した。この三大約束を疑わぬことを前提としたからこそ「即興」が成り立ったのである。おのれの抒情をぶつけて「安らかさ」を得ていたのだ。三大約束を疑ったらそれは出来ない。

万太郎にとって俳句は「写生」に安住するものでなく、人生の「哀しみの襞」であり、「よろこびの翳」であったのだ。万太郎俳句は生涯「私俳句」でつらぬき通したのである。

（俳誌「青樹」一九八三年四月号）

万太郎俳句と季語

久保田万太郎の昭和二十三年の作に、次のような句がある。

巡業中、松本要次郎の急逝にあひたる高橋潤に

悴みてよめる句に季のなかりけり　万太郎

高橋潤（昭四十二年没）は新派の俳優であったが、その作に「髭つけてみても端役やちちろ鳴く」といっているように生涯、役者として華々しく脚光を浴びることはなかったようだ。師の万太郎がしばしば洩らしていたと同じように「余技」と称していた俳句で、いまは一部の人に高く評価されていることも皮肉だ。

潤は昭和十三年「馬酔木」の例会に出席したのがきっかけで俳句に手を染めた。「春燈」が昭和二十一年創刊され、熱心な投句者の一人となった。句集『萍』がある。

戦後の世相は誰にも極度の苦労を強いたが、当時、潤は旅役者となって各地を巡業していた。潤の文章を藉《か》りると「雪もよいの大晦日に、一座はやっと佐世保へたどりついた。その夜、松本要次郎さんが、心臓麻痺で亡くなられた。こころばかりのお通夜の席で、晦

日そばをすりながら、わたしたちは、人のいのちのあまりにもはかないことを嘆きあった」と記している。その哀しみを潤は、

　人のいのちおよそはかなき晦日蕎麦　　潤

という句にして「春燈」に投句した。万太郎は選句の中にこの句を見出して、上掲の作を潤に示したわけである。

　ところで、潤が悴む手をこすりながら楽屋でしたためた追悼句の「晦日蕎麦」は、現今の歳時記には殆んど十二月の季語として載っている。しかし例句はきわめて乏しい。傍題として「年越蕎麦」「つもごり蕎麦」「つごもり蕎麦」が添えてあるが「つごもり」が正しい。「つもごり」は音韻顚倒訛である。

　年越蕎麦となると音数の関係もあり、例句としては専ら「箸にかけて年越蕎麦の長短か　水内鬼灯」の句が独走といったところだ。晦日蕎麦も年越蕎麦も明治以前の歳時記には見当たらない。おそらく明治末期から大正期に加えられたものであろう。

　さて万太郎が「晦日蕎麦」を「季の無かりけり」と明言したことには勿論、無季の句は生涯一句も持たなかったことからしても、明らかな根拠をもっていたのである。

　浅草の袋物屋に育った万太郎は、「商家の風習として毎月の晦日、その月の金銭商品の締めくくりが終わって、いわば夜食に《晦日蕎麦》が用いられた。だから《晦日蕎麦》は

年に十二回あるわけで固定した季は無い。《年越蕎麦》なら認める」と説く。

蕎麦の話だから、つい長くなってしまったのも止むを得ぬが、現在、私たちは何の疑いもなく、「晦日そば」で句を得ようとしている。いうならば万太郎の挙足取りではないかとの疑問も起きるが、そうではない。万太郎は、テレ屋で皮肉屋の一面は持っていたが、「ことば」に関しては、所謂「俳諧の益は俗語を正す也」(三冊子)に忠実であり、むしろ言葉に対しては潔癖とさえ評してよかろう。

万太郎は俳論、俳談というようなものは、ことさらしく書いていないが、折に触れて断片的には記している。しかし「季語」あるいは「季題」という言葉に触れて書いたものは「切字」の必要を説いたものからくらべるとはるかに少なく、探しだすのに骨が折れるほどだ。

何故なら、万太郎は俳句における「季語」ということに関して、全く疑義を抱いていなかったと思われるからだ。季語を有効に用いるのが俳句であって、いまさら云々する必要を全く認めていなかったからであろう。

万太郎は「〝影〟あってこその〝形〟」ということを作句理念の一つとして説いた。〝影〟とは畢竟〝餘情〟のことであると述べ、余情、すなわち俳句の生命を育て深化するための〝形〟の尊重を強調した。

万太郎を「シキ魔だ」と色魔をもじって評したのは、亡くなられた宮田重雄画伯だった。たしかに万太郎は冠婚葬祭をはじめ、「式」と名のつくほどのものには多忙の時間を割いて出向いた。挨拶を固く守った。この「けじめ」を守る性格が俳句の約束、形を厳守するのは当然なことであろう。

さて、万太郎が季語に関して触れた文章を、探しだしてみよう。

――いつてみれば、所詮発句は歌舞伎劇である。歌舞伎劇が「約束」のうへに築かれた芸術であるやうに、発句もまた「約束」のうへに築かれた芸術である。――伝統を離れて発句はない。（中略）

普通《ついとほり》の、あり来りの題についても、この集のなかの作者は、必ずその都会の（都会的な）生活気分から離れるといふことをしない。どんな題の中にもその都会人としての、それぐ\の生活をみいださうとしてゐる。（以下略）

大正六年に開板された合同句集〈『藻花集』の後に〉の一節である。この句集は上川井梨葉、野村喜舟、大場白水郎、長谷川春草などが作品を連ね、当時十七歳であった川端茅《かわばたぼう》舎《しゃ》（明三十~昭十六年）も選に入っている。万太郎が編集の白水郎から選を依頼され、半月がかりで見直したが、五百句掲載予定に対して、選は三百句にも足りなかった。万太郎はその理由を次の如く言う。

――全体、発句といふものは技巧一つのものである。技巧なしには発句は存在しない。それには、作者がその使ふ文字のうへに全く用意を欠いたり、必要のためにのみ徒らに調子のちがつた文字を羅列したり、さうして切字といふやうな約束をわすれて、この短い詩形ばかりが特に持つてゐる音律について全く盲目なやうなものをわたしは何の価値もないものとする。——

「余技」と言っていた万太郎にしては厳しい発言だ。万太郎自身の作品もともに収載されているが、「行春や屋根のうしろのはねつるべ」あるいは「年の暮形見に帯をもらひけり」といったような程度で、現在代表句とされているような作品はまだ載っていない。作品はそうだとしても句集『藻花集』は万太郎俳句を語る上において、重要なエポックを画しているという点で見逃せない。

即ち万太郎が明治三十八年（十六歳）に作句をはじめ、四十三年（二十一歳）まで「身を粉にくだいてわたしは精進した」（句集『道芝』自跋）のだったが、その年、小説「朝顔」で新進作家として認められ、作家として立つべく俳句を捨てた。万太郎みずから言うように「あいつは俳句をつくっていたあげくに小説を書いたといわれることがはなはだ心外だった」からである。それから五年後の大正五年、劇壇人のさそいで、「わたしと彼女のあひだの交情をもう一度よみがへらす」に到ったのだ。

これ以来、万太郎はこの彼女（俳句）との交情は益々深くなり、生涯つづいたわけだ。万太郎の俳句に対する意見が明確に披瀝され、これから以後の作品に深化が加速されてくるという点で、私はこの大正五年という時点を重視したい。

上掲の文中で、「どんな（季）題のなかにも、その都会人としての、それぞれの生活をみいだす」と言っているが、選の基準を明白にしたことと同時に、万太郎自身の季題観を表白したものとみてよかろう。

当時は現在のように、「季題」と「季語」という言葉を内容的に截然《せつぜん》と区別してはいなかった時代だが、現代的定義づけから見るとき、万太郎作品は、この大正五年を境として、それ以前の作品に季題的扱いが見られ、以後の作品は季語的扱いに傾斜してきていると、私は指摘したい。もう一つには、この頃以降季題が増加し季語化していった俳壇の趨勢を無視できない。

だから冒頭に挿話として掲げた「晦日蕎麦」は万太郎および、その時代、ないしその土地の人々にとっては、そこに歳晩の生活慣習の一つとしては認められないのも当然だ。

虚子編の歳時記に載っている季語に対し敢て否定したことに、万太郎の律義さと身上を見出す。

しかし私は現時点として「晦日蕎麦」の無季を強硬に主張するつもりは毛頭ない。何故なら、すべての言葉を含めて「季語」もまた、それぞれの時代と、人々の間に生きているのだから。言葉も季語も、好し悪しは別として人々の間に滲透してきたとき逞しく生きてくる。逆に時代とともに滅び去っていった言葉や季題を、私たちは知っている。ことに人事における言葉や季題の命短きことは言うまでもない。

万太郎の小説に「市井人」（昭和二十四年）という作品がある。続いて書かれた「うしろかげ」と二部作となっている。

俳人には一読を奨めたい小説だ。それは大正十二年の大震災の前後を舞台とした、東京下町の俳人たちの生活と人生のかかわり合いが、彼らの句を織り交ぜて活写されていて興味深いからである。

そこに描かれている俳人たちに接するとき、読者はその一人一人に現在の自分と仲間を見出すに違いない。さらに読者は、大正時代だの浅草界隈というシチュエーションを超越して、そこに所謂「市井人」たちの人間像と深い哀歓を喚び覚まされるに違いない。

万太郎の他の小説や戯曲と同じように、いわば「てだて」として俳人を藉り、浅草という舞台を用いているに過ぎない。即ち万太郎の小説も戯曲も、そして俳句も、「江戸趣味」とか「江戸情緒」とかいう一知半解の評言は、敢然としりぞけるべきことを悟るであろう。

さて、その「市井人」だが、作中の「わたくし」は吉原八重垣楼の息子で慶応義塾の政治科の学生（作者自身）である。

「わたくし」は同じく吉原の水菓子屋の主人で俳人の萍人にさそわれて「通りすがりの出来ごころに昼席《ひるせき》へでも入る」つもりで、日暮庵蓬里の運座（句会）に顔を出す。

ところが偶然「わたくし」の亡父紫光と蓬里とが句仲間であったことから話がはずむ。初対面から一日おいて「わたくし」宛に蓬里から次のような手紙が来る。

——お句、拝見して、すくなからず驚きました。萍人のいふところによれば、はじめて試みられたもの、よし、さすがは紫光先生の令息、血はあらそへぬものと感じました。ことさら趣向に奇をもとめず、手近かの材料をつかつて、苦渋のあとなく、やす〳〵と、さら〳〵と読みこなされた手腕、やつぱり大学にまなばれるほどの方は違ふと、家内もいたく敬服「かういふ句なら自分のやうなものにもわかる」と述懐いたしました。しろうとを、まづ、感心させられる句を詠むことが作者としての義務です、くろうとを感心させることはたやすい。——

蓬里の手紙は当日の「わたくし」の句を四句つづけて批評し、さらにつづく。

火 の 消 え て し ま ひ し 火 鉢 紀 元 節

にいたつて、ハタと当惑、すなはち筆を投じ、沈思これを久しうしました。

なぜでせうか。

おのれだつたら下五に、「紀元節」とは決して置くまいと思つたからです。「梅日和」とか、「春の雪」とか、「日永かな」とか置くだらうと思つたからです。しかも、この句は、「梅日和」でも、「春の雪」でも、「日永かな」でもないのです。「紀元節」をえてはじめてピッタリするのです。なぜピッタリするかといへば、そこに嘘がないからです。（中略）

――今後、あなたは、句をお詠みになつてもい丶、お詠みにならなくつてもい丶、句を詠むこ丶ろ、つねにそれを用意さへしてゐればい丶と思ひます。そのこ丶ろこそ、自然を、人生を、おのづからなつかしむこ丶ろで、やがてそれがあはれむこ丶ろとなり、いたはるこ丶ろとなり、そして、あはれみ得、いたはり得て、すなはち、たのしむといふ俳諧大乗に入るので……

巻紙はさらに続くのだが、この辺で割愛しよう。小説もなお続き、その他の俳人仲間とのかかわり合いや、「わたくし」の母親の死、関東大震災、そして「わたくし」は大阪の叔父を頼って家業の始末をつけに旅立つ……。

この小説の日暮庵蓬里は、増田龍雨がモデルである。それらの詮索はしばらく措くとして、引用した手紙の中で、季語のつけ合せについての意見は、即ち蓬里を借り、龍雨を念頭に置いた上での、作者万太郎みずからの意見であることは疑うべくもない。

私は無論、この稿で「季語」の価値を論じようとしているのではない。要は、現在の私たちにとって「季語」はどうあるべきかを考察したいのだ。

「晦日そば」は半世紀以前の下町の俳人たちにとっては季語では無かったことは認める。と同時に、半世紀後の私たちにとっては、年に一度の大晦日の夜の、希望と哀惜をないまぜにした、蕎麦を啜る音と姿勢が、行く年来る年の大きな感動を波及させてくれる。少なくも現在の俳人たちにとっては「晦日蕎麦」は季語の資格を持っている。

私はかつて埼玉県に住んでいたが、「秩父夜祭」という季語は、歳時記に載ってはいなかったが、県内の俳句会では、十二月五日の秩父盆地に、山車が闇をとどろかす素朴で勇壮な太鼓の響とともに、鑑賞側の胸に飛び込んでくる。マスコミや交通の発達にともなって、この季語が、やがて歳時記に載り、中央の脚光に照らされ、全国に敷衍したのである。

九州は佐賀県あたりの行事「浮立《ふりゅう》」も、東北は南部の「えんぶり」や「おしらさま」も、それらの土地では季語としてすでに息吹きしている。

かつて連歌俳諧の季題が、地方官吏や旅俳人によって京大阪の都市に持ち込まれ、中央で洗練されて全国に還元されたように、季語は生きているのだ。芭蕉のいう「俗語を正す也」であり、万太郎のいう「生活を見出す」ことなのである。

万太郎は、その生涯かけて六十年余詠いつづけた。好んで詠った季語は、月、雪、花で就中、花の句が圧倒的である。

月哀しわれから雲をくゞるとき

長男耕一、明けて四つなり

さびしさは木をつむあそびつもる雪

した、かに水をうちたる夕ざくら

膾炙した作を拾った。月、雪、花という点では、短詩型の源流以来、最も持続性の強い季語を最も多く詠嘆しているという傾向は、この詩人らしく、約束を守る律義さの端的なあらわれとして興味深い。

それは例えば、「花菖蒲」「花すすき」は伝統的な詩語として尊重して用いておりながら、「花八ツ手」「花石蕗」という用法は肯定していなかったという面にも覗われよう。しからば季語に関して、きわめて守旧派であったかというと、そうは思われない。

棕梠の葉のひしめきて夏老いにけり

夏ごもりの煮くたらかしのうどんかな

しろざつま著たる肩つきわすれめや

庭木刈つてみゆる東京タワーの灯
子を連れて黄金餅かふつ、ましく
目かくしの俄盲やお茶坊主

いずれも句の出来の可否は別として、新しい季語を抵抗なく定着化している。「しろざつま」（夏）、「庭木刈る」（秋）、黄金餅（冬）、「お茶坊主」（新年）である。昭和二十六年（六十二歳）日本演劇協会々長としてオスロに赴いたときは、北欧の風物に大きく詩心を動かされ、ついに「白夜」を夏の季語として詠い、一つの季語を歳時記に加えた。

街燈のひとり灯れる白夜かな
誰一人日本語知らぬ白夜かな

万太郎は五、六月にかけてオスロに滞在し、この北欧の夏の気象現象をみずからの感覚で受け止め詠出したのだ。「市井人」の蓬里のいう「そこに嘘がない」諷詠をしているのだ。

万太郎は、この白夜に限らず、例えば、「朧」だとか「涼し」とか、「秋風」とか、あるいは「しぐるる」や「きさらぎ」「余寒」といったような、きわめて微妙な時候気象に対して鋭敏な感応を示して詠う。そして「どんな季題のなかにも、都会人としての、生活をみいだそうとしている」。

あけし木戸閉めておぼろにもどしけり
涼しき灯すゞしけれども哀しき灯
秋風や水に落ちたる空のいろ
昔、男、しぐれ聞き〳〵老いにけり
きさらぎのめんくらひ凧あげにけり

無造作に選んでみたが、これら時候気象の季語は、万太郎の好んだ「繭玉」や「雛」「祭」「盆」など人事の季語と、何らわけ隔てなく、技巧の中に同化されている。

上掲の作品に「きさらぎ」という季語の句を引用したのだが、万太郎は「きさらぎ」とは別個のものとして「二月」の季語の句を詠っている。現在の私たちは太陽暦の二月を、なんとなく気を利かしたつもりで「きさらぎ」と詠って満足しているが、「きさらぎ」といえば本来、太陰暦二月なのである。

願はくは花の下にて春死なむそのきさらぎの望月のころ　西行

この歌のとおり西行が陰暦二月十六日に入寂したので有名な歌だが、いまの私たちには

「きさらぎ」と「花の下」に、どうしても異和感を感じる。「きさらぎ」を太陰暦に換算した上でなるほどと納得せねばならない。

いまでは余程辺地に行かぬ限り、陰暦の併用は減ってきた。だから万太郎と、例えばこの私が、「きさらぎ」という季語に対する感覚が誤差を生じていたとしても、どちらも誤りではないのだ。季語は時代に生きていて、流れているのだから。逆に言えば、季語に対して人々は生きていて、流れているのだとも言える。

季語は大衆相互のいわば連結器ではなかろうか。しかしそれは、同一軌道上にある貨車や客車に対して連結可能なのであって、新幹線と在来線では連結はむずかしい。

万太郎の言う「約束」は、この譬での軌道にあてはまるわけだ。

それにしても、偶然とはいえ西行もその歌に「花」と「月」とをこよなく詠嘆した。八百年をも隔てて、万太郎も「花」に「月」に、歎かいの句を諷詠しつづけた。そして私たちも「月」「雪」「花」ある限り、詠いつづけるであろう。そこに私は、伝統の宿命、生きるものの宿命の脱し難きを思う。

万太郎は、文壇、劇壇の寵児として人生を送った反面、家庭的には一人息子にも、愛人にも先立たれ、恵まれなかった。

その死（昭和三十八年五月六日）の三ヶ月程前に、次の句を記した。

湯豆腐やいのちのはてのうすあかり

（俳誌「沖」一九七二年五月号）

俳諧苦

──万太郎俳句の即興性と推敲──

久保田万太郎に次の句がある。

一句二句三句四句五句枯野の句　（昭十七年）
花の句をしるしあまりし手帳かな　（昭二十二年）
熱燗やとたんに詠めしわかれの句　（昭三十五年）
おのづから秋を待つ句の詠めしかな　（昭三十七年）

「しるしあまりし」にしろ「おのづから」「とたんに詠めし」といい、俳句作家にとって、まこと羨しい句作状況といえよう。

第二句は初案では「―しるしあまりし句帖かな」であったが五年後の昭和二十七年、句集『冬三日月』を編むに当たり「手帳」に改められた。上五に「花の句」とあるゆえ、あえて「句」の重出を避けたのであろう。

万太郎の俳句を、つぶさに見てゆくと一つの句を、何年もかけて、何回も推敲している句が、きわめて多いことに驚く。さらに推敲ではなくて、自作相互における類想・類句のあることにも気づく。

――即興的な抒情詩、家常生活に根ざした抒情的な即興詩。――わたしにとつて「俳句」はさうした外の何ものでもありえない……（句集『道芝』自跋　昭和二年刊）

この言葉は万太郎が終生変えることのなかった句作の信念である。しかも「即興」という言葉は重大な意味をもっている。

酔ふほどに十日戎のはなしなど　（昭三十五年）

　　櫻桃子に示す

酔へば爐に十日戎のはなしなど

当時、赤坂福吉町にあった万太郎邸でうちうちの初句会をした折、万太郎がこういう場合好きだった「袋廻し」が行なわれた。数日前十日戎に行ってきた話をしていた筆者が、すかさずモデルにされたわけである。後刻、短尺を頂いたときには「酔へば爐に」と改められていたのである。「――ほどに」の弛みを削り、「爐に」と内容を盛り込んでいる。

万太郎の言う「即興」は、たしかに「袋廻し」的作句態度を含んでいる。しかし「袋廻し」的に終始するものではない。石田波郷の「打坐即刻」あるいは芭蕉の「文台おろせば即ち反古なり」もみな同義と解してよい。「即興」は発想契機としてであって、「即席」の安易さと混同してはいけない。「興」は詩経の六義の一つとされているとおり「物に対して心に感情が盛上り詠う」こと、即ち象徴であり諧謔である。即興にはそれゆえ、氷山の海面下に匿された部分のように、見えぬ背後に大きな感動が秘められていなければならない。波郷流に言えば、その感動が、ある一瞬の契機に五・七・五に乗って口を衝いて出るときが「即刻」なのだと解せられよう。

――〝影〟あってこその〝形〟……

万太郎が昭和二十一年、主宰誌「春燈」の創刊後、述べた言葉である。「〝影〟とは畢竟〝餘情〟」「俳句の生命はひとへにか、って〝餘情〟にある」と重ねて説いている。筆者流に言うならば「即興」は〝影〟なくしては成り立たないのである。〝影〟即ち余情――余るほどの匿された感動が必要だということだ。

冬籠つひに一人は一人かな　(昭二十二年)
いつ濡れし松の根方ぞ春しぐれ　(昭二十三年)
残菊のいのちのうきめつらきかな　(昭二十四年)

しらぬまにつもりし雪のふかさかな　（昭三十一年）

燈籠のよるべなき身のながれけり　（昭三十二年）

煮大根を煮かへす孤獨地獄なれ　（昭三十四年）

これらの句は、ことに万太郎の〝影〟をあらわに感じさせる。「つひに一人は一人」の「よるべなき」孤独感こそ万太郎に終生つらぬいていた〝影〟なのである。それは「知らぬまにつもり」「いつ濡れ」たかわからぬように人生に寄せてくる孤独感なのだ。

この〝影〟ゆえに、ひとたび即興で〝形〟となった句が、何年も何回も追求され推敲されるのである。万太郎の小説や戯曲においても共通しており、それゆえ人間の孤独と市井哀歓を書きつづけたのだ。万太郎の生まれ故郷の東京下町に場《ば》を借りただけで、巴里でもどこでも差支えなかったのである。

翁忌やおきなにまなぶ俳諧苦　（昭二十七年）

この句にあるように万太郎の推敲は生涯かけて〝影〟を底流にした「俳諧苦」だったのだ。即興にして即興ではなかった。いったん生んだ句を生涯ひきずっていったのである。人生孤独であり俳諧苦といってよかろう。

「煮大根」の句は当初「――孤独地獄かな」であったものが「――なれ」とのちに改めら

れた。万太郎の句に「かな」の切字が多いことはよく知られている。しかし盲目的に使ったのではない。この句をはじめ推敲経過を見ると安易に使っていないことがよくわかる。「けり」についても同じで、総じて切字や切《きれ》にいかに腐心したかが知られる。例を挙げてみよう。

帯解きていでしつかれや螢かご　（昭十年）
帯解きていでしつかれよ螢かご　〃
帯ときていでしつかれの螢かな　（昭十一年）
帯解きてつかれいでたる螢かな　（昭十七年）
朝焼もけふ何ごとかあるらしく　（昭三十一年）
朝焼もけふ何ごとかあるらしき　（昭三十二年）
朝焼のけふ何ごとかあるらしき　（昭三十三年）
夜寒來るみるかげもなく蓮の枯れ　（昭十一～十三年）
みるかげもなく蓮は枯れ夜寒かな　（昭十三年）
みるかげもなく蓮は枯れ夜寒來る　（昭十七年）

老木の根元日しかと掃かれけり　(昭二十四年)
老木の根元日きよく掃かれけり　(昭二十四年)
老木の根、元日きよく掃かれたる　(昭三十三年)

ゆく年やむざと剝きたる烏賊の皮　(昭二十一年)
ゆく年やむざとし剝ける烏賊の皮　(昭二十二年)
ゆく年やむざと剝きたる烏賊の皮　(昭二十七年)
ゆく年やむざと剝ぎたる烏賊の皮　(昭三十三年)

万太郎の俳句に、このような例を探しだすと際限がない。仮名にするか漢字にするかにはじまり、「や」→「よ」→「かな」として「螢かご」の現実性を消して「螢かな」と象徴性を重くしている。


「らしく」と「らしき」の違い。「も」の弱さを「の」によって集中統一。「かな」が三転して「蓮は枯れ」の「れ」の弱い切字を活かして、当初から作者の感動である「みるかげもなく」を大きく反映させようとした手だて。

「しかと」を「きよく」として少しでも具体性に近づけ、さらには「けり」を廃して上五に強い切を置くため「、」を用いた。万太郎にとって「、」も重要な働きなのである。

「ムキたる」「ムける」が四転ののち「ハぎたる」となるのには十二年を要しているので

ある。「ハぎ」のほうが絶対的だ。

万太郎は俳句の約束として十七音・季語・切字を説いたが、特に切字には念を押した。切字（又は切）が大切だというのは単に散文と韻文（律文）という形の上の違いだけではない。ここに俳句の命の秘密がひそめられるから重大なのである。それは何故か。切字のあとの、わずか一拍の空白こそ大きな感動の出口になるからである。

切字の空白は世阿弥が「花鏡」で説いている「せぬ隙《ひま》」に相当する。この「せぬ隙」から「内心の感、外に匂ひて面白きなり」となるのである。

影なき即興は成立しない。それは即席である。影を影のまま表出できないのが俳句である。切字の「せぬ隙」が影（余情）を噴き出してくれる。それを探し求めることこそ俳諧苦ではなかろうか。

昭和三十八年（一九六三）五月六日、万太郎は急逝した。七十三歳。

死後遺された俳句手帖の最後の頁に

一輪の牡丹の秘めし信《まこと》かな

牡丹はや散りてあとかたなかりけり

と記してあった。「一輪」は「大輪」が消して書かれてあり、「牡丹はや」の「はや」の横には疑問のつもりだったのか傍線が入れてあった。存命ならばその後どのように書き改めていただろうか。

（俳誌「青樹」一九八一年九月号）

万太郎俳句の構造　1

──切字について──

久保田万太郎は俳句作法の約束として、「十七音・季題・切字」の三つを絶対の条件として繰返し説いていた。特に切字については力説し、みずからの俳句において大切にしていた。

切字は他の二つの条件にくらべて最もむずかしく、俳句は終生「切字との格闘である」と言っても、あながち過言ではあるまい。

蕪村は「切字」の字義を不適当として「断字」と称したが、俳句の独立性・完結性を重視したからに他ならない。

──そも〳〵切字の用といふは、物に対して差別の義なり、それは是ぞと埒《らち》をわけて、物を三つにする故に、始あり終ありて、二区一章の発句とはなれり、凡切字の品といふは、一字の働ある、やの字よの字の類をいひ、或は余韻の助字となるしの字むの字の類をいふ、其外に何誰とうたがひ、哉来《かなけり》と治定《じじょう》（覚悟の意）するは、迷へば悟り、動けば静まるといふ、物に相対の道理なり、しからば発句の切とのみいひて、字を定むるには及ばねど耶《や》とうたがひ、焉《らん》とはね、哉来《かなけり》と治定すれば、たとひ道理をしらぬ人も、おのづから発句のさまとなればなり、――

曲亭馬琴（滝沢馬琴、一七六七～一八四八）の「俳諧歳時記栞草」の切字の解説から引用した。現代の入門書や歳時記にくらべて、これほど委曲を尽したものはあるまい。

余談になるが馬琴のこの歳時記は享和二年（一八〇二）に発刊されている。馬琴三十五歳に当たる。十返舎一九の「東海道中膝栗毛」も同年の刊行であり、その前年には「誹風柳多留拾遺」が出版されている。

川柳が出て来たついでに、古川柳を一句紹介させてもらおう。

　草市で禿は実家《さと》の親に逢ひ

禿《かむろ》は「かぶろ」ともいい、この句の場合は遊女の側にいて手伝いをなす十歳前後の少女のことである。

いま仮りにこの川柳に切字「や」をあたえてみよう。

　草市や禿は実家の親に逢ふ

川柳における、ひょっこり出会ったおかしさにくらべ、奉公に出ている禿の「哀れ」がにじみ出た見事な俳句になるではないか。

「で」と「や」の違いで川柳と俳句に分かれるのである。万太郎や石田波郷が切字を力説したことも合点がゆこう。「霜柱俳句は切字ひびきけり　波郷」であり「鳴く蟲のたゞしく置ける間なりけり　万太郎」なのである。

「で」の連続と「や」のもつ「間《ま》」即ち空白が「おかしさ」と「哀れさ」に分岐するのである。世阿弥の説く「せぬ隙《ひま》」であり、蕪村の言う「断字」の効用なのだ。現代俳句が俳句と称していながら、川柳としては一応通過させられるが、俳句としては失速している句が、いかにも多いかということが改めて反省させられる。

しかしながら、実作に当たって切字にのみ拘泥しているわけにはゆかない。句全体の詩性と意味をつらぬくためには、法則一辺倒とはゆかない。三段切・三切字は一般的に失敗を招くとしても、それゆえに効果をもたらす場合もある例外は忘れてはいけない。馬琴の言うように「童の心経よむやうにて、自己に分別することあたはず」なのである。

さて、ここで切字の代表格である「かな」を愛用した久保田万太郎の句を抄出してみよう。

沖の荒レこゝまでとゞく芒かな
誰一人日本語知らぬ白夜かな
秋しぐれいつもの親子すゞめかな
まゆ玉のしだれにかけしねがひかな
遮莫焦げすぎし目刺かな

残菊のいのちのうきめつらきかな
雛あられねもごろつゝみくれしかな
櫻餅うき世にみれんあればかな
あさがほの日々とめどなく咲くはかな
鮟鱇もわが身の業も煮ゆるかな

万太郎晩年の句集『流寓抄』および『流寓抄以後』の句である。万太郎の場合、例えば『久保田万太郎全句集』（中央公論社刊）のどの頁を開いてみても「かな止」の句の無い頁は無いといってよいほどである。

ところで掲出句を二つのグループに分けているのには理由がある。第一のグループは名詞かな止であり、第二のグループは形容詞・動詞かな止のものである。万太郎俳句には、この第二のグループの多いのが特徴である。副詞かな止も少ないが見出される。

白夜の句は万太郎六十二歳（昭和二十六年）のときオスロの旅でつくったもので、以来「白夜」は夏の季語として定着した。「遮莫《さもあらばあれ》」と「鮟鱇」の句はともに七十三歳（昭和三十八年）没年のときの句である。「あさがほ」の句は「咲く・はかな」ではなくて、「咲くは・かな」と読むのが正しい。

「かな」は元来、体言即ち名詞に付くのが定法であり、その名詞は句の中で通常もっとも重い位である。かな止の句がゆるがぬ重量感をもつのもこのためで、それだけ「かな」の使用は慎重を要するということにもなる。

ひろ〳〵と露曼陀羅の芭蕉かな　川端茅舎
まひ〳〵の水輪に鐘の響かな　同
鶯の声澄む天の青磁かな　同
朴散華即ちしれぬ行方かな　同
朝顔の紺のかなたの月日かな　石田波郷
朴の花今年見ざりし命かな　同
顔出せば鵙迸る野分かな　同
薄羽かげろふ翅も乱さず死せるかな　同

切字をことに大切にした二作家の「かな止」の句を引用した。茅舎は万太郎と肩を並べるくらいに「かな」の多用が目立つが、波郷は、「かな止」はその割に少ない。慎重だったのであろう。

茅舎の場合は「名詞かな止」が多く、しかも「露曼陀羅の」「鐘の」「天の」と、さらに名詞を先行修飾している句が多い。万太郎にはきわめて少ない。万太郎の場合は「名詞かな止」に「とどく」「知らぬ」「いつもの」「焦げすぎし」などのように動詞・副詞あるいは形容詞が先行している。波郷の句も同じ構造をもつものが多い。

この二つの構造をもたらした根源は那辺にあるのであろうか。それは端的にいって、茅舎が信条とした〈花鳥諷詠〉に対して、万太郎の言う〈余情〉尊重の態度の違いから来るものと思う。万太郎のもう一つの言葉〈「写生」に安住し切れない―哀しみの襞〉の発露の然らしめる結果なのである。

万太郎の「かな止」の句の第二グループを見てみよう。いずれも「用言（動詞・形容詞・形容動詞）かな止」である。用言のもつ概念を「かな」の詠嘆に衝合させ止揚させた手法と言える。「つらき」と言っている割には定法の「名詞かな止」のような重厚さに到らず軽快な詠嘆で浮かばせる効果を持つ。〈俳句は浮かぶもの〉〈読者が読み終つたあと〝救ひ〟が無ければいけない〉と説いた万太郎ならではの〝形〟といってよい。

万太郎は〈〝影〟あつてこその〝形〟〉と書いている。さらに〈〝影〟とは畢竟〝餘情〟である〉と断言している。

しらぎくの夕影ふくみそめしかな
草の葉も露もおどろきやすきかな
煮凝に哀しき債おもふかな
梅雨の宿一トすぢ川のみゆるかな
柳散りしきていぶせきかぎりかな
葛飾の春ゆくことの迅きかな

これらは『流寓抄』以前の作から抄出した。いずれも「用言かな止」の句である。

さらに注目すべきは、用言に先行する言葉「夕影ふくみ」「…露もおどろき」「哀しき債《おひめ》」「一トすぢ川」「いぶせき」…などの措辞である。これらの措辞に作者の〈哀しみの襞〉ないし〈余情〉がひとしお、籠められていることは容易に気づくであろう。

上五の物（この場合、季題）に触発され、あるいは感情移入した作者の思い（哀しみの襞）を中七で、たっぷりと打ち出した上で下五の詠嘆を軽妙に扱って読者に〃救い〃をあたえようという作者万太郎の心くばりが生み出した、いわば「吹流しのかな」なのである。

（俳誌「青樹」一九八二年八月号）

万太郎俳句の構造　2

——季題について——

久保田万太郎は、その生涯で、およそ八千百句ほどの俳句を記録にとどめている。「およそ」というのは、類似句の数え方で違ってくるからである。この場合は、類似句・同巣句は一句として計算しての八千百句である。例えば、

生簀籠春かぜうけてゆれにけり
あきかぜにゆる、あはれや生簀籠

という句は、昭和三十年の作で「房州鴨川の住人鈴木真砂女の句集を〝生簀籠〟と名づけ、春と秋の二句を序にかへておくる。……著者、果して、いづれをうべなふや」という前書を付けている。勿論、同一時の作である。

ところが、三年後、生前最後の第十句集『流寓抄』には次のように改めて発表されている。

生簀籠春かぜうけてゆる、かな

「けり」と「かな」のニュアンスの違いがよくわかる例である。誰しも「かな」の推敲に軍配を挙げるだろう。万太郎俳句には、これと似た例は多く、おそらく句数にして、二〜三百は数えられると思う。

ところで万太郎の生涯で「春風」の句は、十八句、「秋風」の句は九十二句の多数にのぼる。春風の句には、特に取り立てて言うほどの句は無いが、秋風の句は数の多いことでも知られるように、力を注いだのだろう。代表句とされる句が、かなり見出される。

味すぐるなまり豆腐や秋の風

あきかぜのふきぬけゆくや人の中

死ぬものも生きのこるものも秋の風

秋風や水に落ちたる空のいろ

干してある薪にさす日や秋の風

万太郎はその生涯において、一千五十位の季題を詠んでいる。かなり幅の広いほうといえよう。季重りが多いので分類には手を焼くが、虚子編の歳時記で振り分けての数だから近刊の歳時記にもとづけばさらに増えるだろう。そのなかで数多く詠まれたベストテンを挙げてみると次のようになる。

時雨、桜（花）、秋風、寒さ、短日、梅雨、月、梅、雪、露

最も多い百十一句の時雨から順に、露五十七句まで並べた。万太郎俳句の志向がおのず

から理解できるというものだが、その八割までが天文、時候であることに気づく。「俳句は——心境小説の素《もと》に外ならない」（句集『ゆきげがは』後記）と言っている万太郎が、その心境を衝合させるのに、これらの季題が好都合であったからに違いない。

　ごまよごし時雨る、箸になじみけり
　昔、男、しぐれ聞き〳〵老いにけり
　鍋に火のすぐきいてくるしぐれかな
　水にまだあをぞらのこるしぐれかな
　しよせん藝もゆめもいのちも時雨かな
　すべては去りぬとしぐる、芝生みて眠る

　これらの句は、他の場合も同じだが、即興的につくられたものが多い。第五句は女優水谷八重子にあたえたものであり、第六句は自身の古稀に当たっての感懐である。「俳句は——家常生活に根ざした抒情的な即興詩」と言っていた万太郎は、まさに「しぐれ聞き〳〵（詠いつゝ）老いにけり」の生涯だったのだ。

　粥啜るよみぢの寒さおもひつゝ
　燭ゆる、ときおもかげの寒さかな
　短日やされどあかるき水の上
　梅雨の屋根いまさら濡れて來りけり

青ぞらのいつみえそめし梅見かな
草の葉も露もおどろきやすきかな
しらつゆのむつみかはしてあかるしや

第一句の初案は「粥食うて冥途《よみぢ》の寒さ思ひけり」であったのを十年ほど経て改めたものだ。第二句は、晩年最愛の人に死なれたときの作。こうしてみると、「寒さ」の季題に、ことに万太郎自身の心境が濃くあらわれている。人世の時候として扱っているわけで、日本語独特の陰翳を巧みに活かしたものといえよう。「露」の季題もまた、「露のいのち」と言われるような暗喩を秘めた句が多い。その面から言うと、短日・梅雨・梅などの季題は雰囲気利用の句に傾いている。句数が多いからといって、秀句が多いといえないのは万太郎とても例外ではない。

した、かに水をうちたる夕ざくら
花の山ゆめみてふかきねむりかな
花曇かるく一ぜん食べにけり
花過の風ふきゆくや水の上
髭黒の大《だい》将《しやう》に花ふゞくかな
よろこびもかなしみも月にもどりけり
名月のたか〳〵ふけてしまひけり

名月やつかねてつりしたうがらし

しらぬまにつもりし雪のふかさかな

さびしさは木をつむあそびつもる雪

月・雪・花は誰の作にも多いが、万太郎の場合は、その文章で告白しているように、雪嫌いであったせいか雪の句に、見るべきものはわずかである。

月の句となると、いささか概念にもたれた句が無いでも無いが、誰しも免れぬところともいえよう。「たか〳〵とあはれは三の酉の月」という句もあり、中天に高々と上った月に思いを寄せ、重ねて詠っているが、劇壇文壇に盛名を馳せた万太郎が、しょせんは孤独な一詩人であったことを垣間見る思いがする。

さて、花の句となると場面が一転したように、舞台狭しと踊りまくる感じで「花の句をしるしあまりし手帳かな」となる。「髭黒の大将」は源氏物語の人物である。

一詩人一市井人として孤高であった万太郎は、それゆえに賑やか好きで、所謂花見好きだったのだ。「しぐれ聞き〳〵」と「ゆめみてふかきねむり」と、万太郎ほど人世哀歓の波にもまれて、詠いつづけた俳人はあまり無かろう。

人の世のかなしき櫻しだれけり

一人息子そして愛人を続いて喪った万太郎は、昭和三十八年五月六日、不慮の死を遂げた。その死の一ヶ月前に詠んだ最後の桜の句である。

（俳誌「林」一九八三年六月号）

影あってこその形

「救いのある芝居」「救いのある句」

私の師久保田万太郎の俳論の一つに「俳句剃刀説」がある。その要旨を紹介しよう。

――俳句は日本カミソリのようなもので、平生はヒゲを剃る道具だが、いざというときには命を守り人を殺すことができる。ナマクラの日本刀以上の切れ味を持つ。小説や戯曲を日本刀とすれば俳句はカミソリの大きさだ。だからと言って下手な短篇小説以上の内容を持つことができることを忘れてはいけない。それでこそ本物の俳句なのである――。

万太郎は酒中談で屢々、この「剃刀説」を言ったが、さらに「俳句縫いとり説」がある。

――俳句は美しい着物の縫いとりのようなものだ。表から見ると美しく縫い取られた着物も、その裏側では糸が上へ下へ、右に左に錯綜している。出来上がった表から裏側の糸の広がりを想像できるような俳句でなければならない。——

これらの説を文章化したものが主宰誌「春燈」創刊号に選後評として次のように記されている。原文のまま引用しよう。

——〝影〟あつてこその〝形〟……便宜、これを、俳句の上に移して〝影〟とは畢竟〝餘情〟であるとわたくしはいひたいのである。そして餘情なくして俳句は存在しない。……俳句の生命はひとへにかゝつて〝餘情〟にある、と重ねてわたくしはいひたいのである——。

以上でわかるように万太郎は「影あってこその形」を大切にした。万太郎が俳句の約束として、「五七五の十七音、季題、切字」の三つを説くとき、「切字」はことに大きな声で念を押すように言った。

鳴く蟲のたゞしく置ける間《ま》なりけり　万太郎

万太郎の戯曲も「間」を大事にしているように、俳句の切字、切れをことに重視していた。「霜柱俳句は切字ひびきけり　石田波郷」の句とともに双璧をなす句である。万太郎は内容豊かな句でも余計な説明語は削り取って「けり」や「かな」に改めて選をした。説明が無いから残った言葉の力が倍増して、「切《きれ》」の間《ま》が余情を生み、縫いとりの裏側を想像させる。

――（俳句は）即興的な抒情詩、家常生活に根ざした抒情的な即興詩。――

万太郎が俳句の抒情と即興を説いた言葉だ。

ほそみとはかるみとは蝶生れけり　万太郎

俳句の即興性は理屈や説明を排除する。いわば蝶が生まれて飛び立つような気配の即興性を重視しているのだ。

一句二句三句四句五句枯野の句　万太郎

翁忌やおきなに学ぶ俳諧苦　〃

前句は即興性の過程をそのまま句にしたものだ。「花の句をしるしあまりし手帳かな　万太郎」という句もあるように立てつづけに句帖を埋めてゆく。万太郎は弟子たちが集まればすぐ「袋廻し」などをはじめた。袋には切短冊がすぐ一杯になる。しかし、それらの句がそのまま発表句とはならない。極端な場合は何年も費して推敲を重ねていた。これをしも「俳諧苦」というべきであろう。

ながれゆくなりわが手はなれし燈籠の
ながれゆくなり波のくらきに燈籠の
ながれゆくなりわが魂のせて燈籠の

右の三句を詠みすてたるあとにての一句、

燈籠のよるべなき身のながれけり　　万太郎

万太郎の「即興」の経緯がよくわかるであろう。一つの句で十年以上費している句も多い。この流燈の句はたまたま手帖の内を開けひろげているから万太郎の手の内が見られたわけだ。

万太郎は「芝居なら見終って観客が、俳句なら読み終って読者が、『ああそうか、成るほど』とうなずいてくれるようでなければいけない」と言った。

私なりに「救いのある芝居」「救いのある句」と称しているが、景も情も、いずれも「突っ込み」「切込み」を重ねなければ「救い」は生まれて来ない。

一輪の牡丹の秘めし信《まこと》かな　万太郎
牡丹はや散りてあとかたなかりけり　〃

万太郎遺品の句帖の最終句だが「大輪」を消して「一輪」と改め、「はや」に傍線が引いてある。まだまだ推敲するつもりだったのであろう。

（俳句総合誌「俳壇」平成三年十月号）

万太郎の衣鉢

──わが俳句観の一端──

便宜、これを、俳句の上に移して、〝影〟とは畢竟〝餘情〟であるとわたくしはいひたいのである。そして〝餘情〟なくして俳句は存在しない。……俳句の生命はひとへにか丶つて〝餘情〟にある、と重ねてわたくしはいひたいのである。すなはち、俳句がその表面にだけあらはれた十七文字の働きだけで決定せらる丶運命しかもたないものであるなら、こんな簡単なつまらない話はないのである。表面にあらはれた十七文字は、じつは、とりあへずの手が丶りだけのことで、その句の秘密は、たとへばその十七文字のかげにかくれた倍数の三十四文字、あるひは三倍数の五十一文字のひそかな働きにまつべきなのである。

──〝影〟あつてこその〝形〟……

この文章は久保田万太郎が、その主宰誌「春燈」に、昭和二十一年(一九四六)創刊された当時「選後に」と題して書いたものである。万太郎の「選後に」から引用を重ねよう。

――「春燈」的色合とは何を指すか？　空想的傾向、あるひは、抒情的傾向の強さである。いふところの「写生」に安住し切れないかれらの哀しみの襞であり、また、よろこびの翳である。――

――どんな場合でも、俳句の場合、感情を露出することは罪悪なのである。（中略）内へ、内へ……これからの俳句の秘密を解き得る鍵は、たゞ一つ、それだけである。――

万太郎は、このあと十八年間、昭和三十八年五月六日、その不慮の死に到るまで「春燈」の選を続けたが、「選後に」はついに書きつがれなかった。ひるがえっていえば上掲の俳句観に徹していたと言っていい。

「春燈」以前にも、わずかながら俳句観を記しているので、付け加えておこう。

――即興的な抒情詩、家常生活に根ざした抒情的な即興詩。――わたしにとつて「俳句」はさうした外の何ものでもありえない。――

（句集『道芝』自跋　昭和二年刊）

——わたくしにとつて、所詮は俳句は……わたくしの「心境小説」の素《もと》に外ならないのである。……と、そこまで、いま、わたくしに俳句の性能が分って来たのである。——（句集『ゆきげがは』後記　昭和十一年刊）

万太郎俳句の円熟完成期を「春燈」創刊（昭和二十一年）以後と見るのは筆者のみでなくすでに定説だが、彼みずから信じる家常生活に根ざした即興的抒情詩という理念の上に、ときに空想的傾向と余情の拡大を加え、「絢爛たる枯淡」をきわめていった。

こしかたのゆめまぼろしの花野かな
ゆく年や風にあらがふ日のひかり
湯豆腐やいのちのはてのうすあかり

晩年のこれらの句に、いよいよ心境の翳の深味を感じるのは筆者のみではなかろう。万太郎が六十余年、人生と俳句を追求しつづけた「いのちのはて」なのである。

私は「春燈」以前、即ち戦時中「馬酔木」「寒雷」等に投句した。しかしそれは見様見まねの十七字でしかなかった。だから俳句はかくあるべしと納得したのは、前記万太郎の「選後に」で開眼したといえる。

それゆえ、私の出発は「写生」否定に近い考え方だった。若気の至りである。いまにして万太郎の言った――「写生」に安住し切れぬ哀しみとよろこびの襞――は写生否定ではなく、写生は俳句の常識として呑み込んだ上での意見だったのである。あるときの句会で、

干してある田植汚れのものばかり

という句について、万太郎は「物（景）で表現して、人々のいとなみを感じさせている」と評したことがある。

いま、私はこのときのことを思い出すたびに、俳句は正法の探求ということを思う。作者も存在であり、対象も存在である。宇宙の中における実在という点では同位だ。実在と実在のかかわりにおいて感動の波動が生じる。万太郎は感情の露出を罪悪とさえ言った。俳句は家常生活に根ざした即興的な抒情詩であると信じる者にとって、これはうらはらではないかと疑われる。

いま私は、その答として次の言葉を藉りて私の考えを統一している。

せぬ所と申すは、その隙なり。このせぬ隙は何とて面白きぞと見る所、これは油断なく心を繋ぐ性根なり。舞を舞ひやむ隙、音曲を謡ひやむ所、そのほか、言葉、物まね、あらゆる品々の隙々に、心を捨てずして用心を持つ内心なり。この内心の感、外に匂ひて面白きなり、かやうなれども、この内心、ありと他に

見えては悪かるべし。もし見えば、それは態になるべし。せぬにてはあるべからず。無心の位にて、わが心をわれにも隠す安心にて、せぬ隙の前後をつなぐべし。(世阿弥『花鏡』)

行きとどいた説である。「せぬ隙」は俳句においては「切字」又は「切」である。切字の隙において感動が噴き出すのだ。

空想的傾向を唱えた万太郎自身それを例証する句は意外に少ない、世阿弥の言う「妙風」即ち「有無を離れて有無に亘る。無の体、見風に顕る」である。滑稽の体はこれを包含されよう。万太郎はその演劇、戯曲において「救い」を説き実践した。万太郎が俳句において完璧を期し得なかった領域は「救い」であり「笑い」ではなかったか。このことが私に遺された課題の一つだと思っている。

(俳誌「地平」二〇〇号記念　一九八一年七月号)

『市井人・うしろかげ』の俳人達

久保田万太郎の小説そして戯曲は、その殆んどが東京下町を舞台とした伝統的な情感にもとづく人間哀歓を描いている。一つには滅びゆく世界に対する哀惜の詩情を綴ったという見方も正しい。

それに対して、万太郎自身「余技である」と称してはばからなかった俳句は「わたくしの心境小説の素《もと》に外ならない」とみずから言っているように、小説、戯曲と異なり、彼の本音が投影されている。十六歳頃より手を染め、七十三歳、不慮の死に到るまで、その俳句はつづけられ晩年に近づくにしたがい、いよいよ「私俳句性」「境涯性」への傾斜を深くしていった。

昭和二十四年（一九四九）、万太郎は六十歳であったが、その年、小説「市井人」を発表した。「市井人」の好評に引続き翌年、続篇とも言うべき「うしろかげ」が書かれた。

この二篇の小説は、いずれも大正時代末期の東京下町における俳人たちの、ゆくたてが語られており、現代俳人にとって興味深いものである。さらに、この中に、わずかながらではあるが、万太郎自身の投影が見られ、また俳句に対する意見も散出してくるので、一読の価値あるものである。

――わたくしが蓬里《ほうり》さんに弟子入をするやうになったのは……そのそもそもの種出しは、誰あろう、萍人で。……

「市井人」の冒頭の文章で、万太郎独特の〝間〟を使った語り口と人物の想像される文体である。

わたくしというのは慶応義塾の大学生で、吉原八重垣楼の息子だが、三田に近い麻布の寺に下宿していて、ときどき吉原に帰ってくる。蓬里は吉原での帳場役のような仕事から「足を洗ったばかりのとき」で吉原の土手下に「安気に綺麗事に」住んでいる。吉原のぞめきが手にとるように聞こえてくるようなところである。待春居と称し、界隈随一の物知りの俳諧宗匠である。待春居の火鉢の周りにはいつも土地の俳人の誰かが寄っているような暮らしである。

萍人はその待春居の常連で吉原で水菓子屋をやっている。小説の中から待春居の光景を引用してみよう。

――吉原のさわぎを夜々の布団かな……って句をどう思ふ?……

――吉原のさわぎを夜々の布団かな?……

――もう一つ、茶培じをかけたる壁や夜半の冬……

――渋い句ぢゃァないか。

――それだけか?

――みっけどころが細かい……

――それだけか?

――自然だ。……アテコミっ気がちッともない。……それでゐて生活がで、ゐる……

――それだ……

だしぬけに、蓬里さんは、火鉢の縁《ふち》を叩いて
――その自然ってこった。……アテコミっ気のないってこった。……生活がで、ゐるってこった。……いやしくも、句を詠むなら、さういふ句を詠まなくっちゃァいけない。(中略)

――出来なくったっていいんだ。……句ってものはもッと〳〵まッとうなものなんだ。……手さきや指さきで捏《こ》ねあげるしんこ細工や飴細工ぢゃァないんだ……

これは萍人と蓬里のやりとりを「わたくし」が傍らで聞いている場面である。「わたくし」はすっかり待春居の句仲間となり、蓬里との文通により教えをうける。

——今後、あなたは、句をお詠みになってもい、、お詠みにならなくってもい、、句を詠むこ、ろ、つねにそれを用意してさへしてゐればいいと思います。そのこ、ろこそ、自然を、人生を、おのずからなつかしむこ、ろで、やがてそれがあはれむこ、ろとなり、いたはるこ、ろとなり、そして、あはれみ得、いたはり得て、すなはち、たのしむといふ俳諧大乗に入るので……

蓬里の手紙の一節である。

「わたくし」はやがて卒業間近になるが、父親の亡きあと、母親一人で持ちこたえてきた「八重垣」の跡目を継ぐことに気がすすまない。世話好きの萍人ともども蓬里に相談をもちかける。

——結句、時期の問題だ、いつ店を閉めるかの……(中略)

——いまの若い人に……それもだよ、かりにも大学まで出た人に、やれる稼業《しやうばい》か、やれない稼業か?……(中略)

――どうころんでも、大丈夫だナ、親不孝にはならないナ？……

――なるわけがない。

――ぢゃァ、しかし、聞くが、待春居の宗匠として……〝南無小紫南無高尾〟の蓬里さんとして、だよ……どう思ふ、吉原から〝八重垣〟といふめいぶつをみすく失ふってことを？……

――ちッともかまはない。

蓬里と「わたくし」を代弁している萍人との会話だ。その蓬里自身も、旧派俳諧に疑問をもち、新しい日本派の俳句に心が動揺しており、旧派を棄てることも「ちっともかまわない」と考え、脚本書きに意欲を燃やしている。

――浅草といふ〝首輪〟を外したら最後、通力《つうりき》を失ふんだよ、あの〝ものしり猫〟は……

――〝ものしり猫〟ねえ……

おもはず、わたくしは、わらひました。

――ほめてるんだよ。……ほめてるんだよ、おれは……

萍人はしかし、わらひませんでした。

……すでに梅雨に入った空の、その空にうかんだ蒼褪めた月。……その月をつゝんだ大きな暈《かさ》。

梅雨の月吉原土手でみたるかな

さうした句が、ヒョイと、わたくしの口に上りました。

「わたくし」と萍人が、蓬里が新旧の時代の潮流に悩むさまを憂慮している場面だ。

そのあと三月ほどの間に彼らの上に、予測もしなかった大きな変化が起こる。まず、「わたくし」の母が突然死に、彼は叔父にあとをまかせて大阪へ就職することになる。萍人に見送られて出発したその日の正午前、東京は突如、関東大震災に襲われる。勿論、「八重垣」も、蓬里居も、萍人の店も焼け落ちてしまう。ちりぢりになった師弟は漸く、その年の十二月になって消息が知れる。

――ときに、「くぢら」といふことを御存知か?

鯨が一匹、たゞ百文であっても買ふことが出来ない、といふところから来てゐるので、つまり「くぢら」とは「百もない」ということになる。(中略)

懐中無一物ほど強いものはない。ごみやの二十銭まで断ってしまった。(中略)

流人が岩頭に立って、船のかげをみいださうとしてゐるのがいまの自分だ。

あゝ酒が飲みたい。
なんだって腎臓病なんて因果なやまひにとッつかれたんだ。
　湯豆腐ですぐに飯くふ寒さかな
一度、逢ひたい。

　萍人宛の蓬里の手紙である。蓬里は脚本はもとより、世相が一変し、病いと貧の落魄にある。「市井人」はここで終わる。待春居堀蓬里のモデルの種明しをすればそれは増田《ますだ》龍雨《りゅうう》（明七年〜昭九年）である。さすれば「わたくし」に誰もが万太郎を感じるだろう。「市井人」の続篇「うしろかげ」は、関東大震災の焼け跡からはじまる。語り手は焼け跡にバラック建のおでん屋の主人で俳人である花杖《かじょう》である。花杖が店の柱に、半ばたわむれに掛けた「何がうそで何がほんとの寒さかな」という短尺が機縁で、萍人、蓬里らが再会する。萍人らの支援で蓬里に十一世日暮庵を襲名させる。経済的にも危機を脱した蓬里は、滝野川に小さな家を構えることができ、市井の俳人たちとの交流が復興してくる。
　例によって、文中、多くの俳句が出てきて、それに対する俳話が興味をひく。花杖らの句仲間であった盲魚《まみ》は、板前であったが、震災後行方がわからなかったが、大連くんだりまで落ちのびておりやがて連絡がとれる。盲魚もまた、花杖のすすめでまだ見えぬ蓬里の弟子となる。

奇しき俳縁というか、盲魚が句の妙手であったことを、蓬里は知っていた。それは、数年以前、雨月庵襲名披露の客員判者として列席していた蓬里が天位に採った句「末枯のさしては消ゆるうす日かな」の作者が盲魚であったからである。蓬里はことに、外地流浪の弟子盲魚を気にかける。

蓬里の生活は、すでに新派俳句や脚本に対する野望も棄て、日暮庵宗匠として落着きを得てきた。ところが好事魔多しで、かりそめの病いがもとで、あっけなく死んでしまう。

……こゝに不思議は、それから五日ほどたった初七日の朝、ヒョックリ盲魚が東京へ帰って来たことで。

勿論、一しょに寺へ連れて行きました。

……みち〳〵、わたくしは、どんなに蓬里先生が君に逢ひたがってゐたかといふことを話しました。……だまってそれを聞いてゐた盲魚は、

しぐる、やわけてもぬる、弟子一人

寺へ着くと、そッとわたくしにみせたので、かうした句を手帳のはしに書いて……

「うしろかげ」はここで終わりになる。

盲魚のモデルは川上梨屋《かわかみりおく》（明三十四年〜昭四十九年）である。東京四ッ谷の料亭に生まれたが事情あって群馬県に里子に出される。本名八三郎、晩年和一郎と称した。鰻調理人としての腕は抜群であったが、店を持つことなく、各地を渡り歩いた、増田龍雨門であったが龍雨没後、籾山梓月、久保田万太郎の知遇を得、昭和二十一年以後「春燈」に拠り、文章も多く遺している。

晩年、失明と貧困に耐え句作一途にすがる。小説上の盲魚の俳号が現実になったことは皮肉というには余りにも痛切きわまりない。

秋風や一人ぐらしの釣道具
本棚の上の位牌や年の暮
汽車に眠る襟巻を捲きかへにけり
どこをもつて故郷となさむ枯木に日

梨屋の句である。

（俳誌「蘇鉄」二十七周年号　一九七九年十月号）

万太郎俳句の表現思想

――おい、この間、三の酉へ行ったらう?……
ズケリといって、ぼくは、おさわの顔を見たのである。
――え、行ったわ。……どうして?……
と、おさわは、大きな目を、くるッとさせた。
――しかも、白昼、イケしゃァしゃァと、男と一しょに、よ……
と、ぼくは、カセをかけた。
――あら、よく知ってるわね。
と、そのくるッとさせた目を、正直にそのまゝ、
――をかしいわ。
と、改めて、ぼくのはうにうつした。
これは久保田万太郎の晩年の名作、「三の酉」の冒頭の部分である。昭和三十年(一九

五五）、作者六十六歳のときに書かれた。この八年後、昭和三十八年（一九六三）、七十三歳で急逝した。

「三の酉」は、ぼくとおさわの会話が主になって筋が運ばれてゆく。おさわは四十五歳、吉原仲の町の引手茶屋の娘だったが、関東大震災で両親を亡くして天涯孤独の身。葭町だの、現在の赤坂だので芸妓として暮らしてきた。「大きな目をくるッとさせた」ようにきわめて明るい性格。


——その娘がどうでせう、十五の春から四十台の今日《けふ》が日まで、三十年、ずッと芸妓《げいしや》をして来てしまったんですものね。……あきれるわ。かうと知ったら、あのとき、花園池で、親たちと一しょに死ぬんだったわ。……そのはうがよかったわ……

——必ずしも、さうもいへないだらう？……生きてゐてよかったと思ったことだってあったらう？

——それァね、長い三十年のあひだですもの、二度や三度あったわ。……でも、いまになってみれば、夢よ、みんな。……水に映った月みたやうなものよ……

——さういったら、しかし、だれだってさうだ。……人間の一生なんてものは、はじめッから、さういう風にしくんであるんだ……

——ところが、世間には、さうでない人もゐるから口惜しいのよ。……いまいった年ちゃんッて人ね?

おさわの朋輩だった年ちゃんは、現在、画家の奥さんになって、鎌倉でしあわせに暮らしている。おさわは泊りがけで年ちゃんを訪ねる。画家と三人で賑やかな夕餉。そして翌日。

「——これだ、これなんだ、これでなくっちゃァいけないんだ……と思ったら、おさわは、急に胸が一ぱいに」なってしまう。鎌倉の海の波音がひびく。紺いろの海。

その日の帰り、横須賀線の車中で「名前もよく知らない」程度の付き合いのお客の男に出遇う。おさわのほうから、たまたまその日の三の酉へさそう。冒頭の男である。

ぼくは「浮気ャ、その日の出来ごころ」などと冷やかすが、おさわが客の男を鳥料理の金田《かねた》へさそったあと、右と左にさり気なく別れる。行きずりに、おさわは「心の住処のないこと」をしみじみ、かなしく思う。

ぼくとおさわの会話は、来年の酉のまちへ一諸に行こうということになる。

——あたしはね、三の酉の昼間行くんでなくっちゃァ嫌……

——そんなこといって、来年、三の酉がなかったら?……

——だッたら、二の酉でいゝわ。……どッちにしても、はつ酉はいやなの、にぎやかすぎて……
——昼間でなくっちゃァいけないといふ理由は？
——昼間、あの人込みの中をあるいてゐると、死んだ父だの母だのが、どこからか、ヒョックリ、で、でも来るような気がしてなつかしいの。

寂しければこそ、あえてはしゃいでいるような、おさわのうごきが読者の目に浮かぶ。

……おさわは、しかし、その年の酉の市の来るのをまたずに死んだ。……二三年まへのはなしである。

たか〴〵とあはれは三の酉の月

といふぼくの句に、おさわへのぼくの思慕のかげがさしてゐるといふ人があっても、ぼくは、決っして、それを否まないだらう……

小説「三の酉」のしめくくりの部分である。省略の行届いた文章の間に抒情の陰翳が濃い。

ところで「たか〴〵とあはれは三の酉の月」の句であるが、万太郎生前最後の句集『流寓抄』には、昭和二十六年に記録されている。

この句は当初、文藝春秋に発表されたときには「たか〳〵とふけたる月や三の酉」であった。おそらく小説「三の酉」に引用するに当たって推敲されたものと思われる。

即ち、物理的には先行していた俳句に、小説があとから追いかけたということになろうが、「たか〳〵とふけたる月」の寂莫とした景は、小説の内容の「水に映った月みたやうな」生きる寂しさ、哀しさと一枚だ。俳句や小説として表出される以前から万太郎の心に胚胎していたものでひとつ根のものである。月の景も酉の市に雑踏する人の生きようも、ともども寂しさのきわみなのである。まして「三の酉」ゆえ、ことさら哀れが深い。

俳句のみ単独で鑑賞しても「たか〳〵」の措辞などことに思いをかき立てられる。小説の幕切れに置かれるとひとしお「味わい」が深まってくる。言い換えれば、小説全体が、句の前書になっている。句に「味わい」は大切だ。

「あはれ」は、おさわのあわれであるとともに、人間誰もが生きるための「あはれ」なのだ。酉の市はパリの蚤の市でも、リオのカーニバルの月夜であっても一向に差支えない。浅草との、東京とのかかわりが深かった万太郎が、たまたまそこに場を借りたのであって、万太郎が言いたいのは、「たか〳〵とさした月」と、「生きるあはれ」なのである。こうした意味で久保田万太郎は、多国籍の文学者だったといえる。

古暦水はくらきを流れけり　（昭二十六年）
香水の香のそこはかとなき嘆き　（昭二十七年）
水にまだあをぞらのこるしぐれかな　（昭二十八年）
夕月へ色うつりゆく芒かな　（昭二十九年）
よろこびもかなしみも月にもどりけり　（昭三十年）
しらぬまにつもりし雪のふかさかな　（昭三十一年）
燈籠のよるべなき身のながれけり　（昭三十二年）

『流寓抄』から引用した。「くらきを流れ」「あをぞらのこる」「色うつりゆく」「月にもどり」「しらぬまにつもり」などの措辞は、畢竟、人生の「そこはかとなき歎き」を背後にまとうている。

万太郎は、俳句における〝影〟と〝形〟と説いているが、これらに見られるように言葉のもつ状態性と心境性の両面を、巧みに活用している点は万太郎俳句の大きな特徴と言ってよかろう。さらに「〝影〟あってこその〝形〟」とも説いているが、「影あってこそ」は重要な発言である。

煮大根を煮かへす孤獨地獄なれ　（昭三十四年）

まゆ玉やつもるうき世の塵かるく　（昭三十六年）
あさがほの日々とめどなく咲くはかな　（昭三十七年）
ゆく年や風にあらがふ日のひかり　〃
湯豆腐やいのちのはてのうすあかり　（昭三十八年）
鮟鱇もわが身の業も煮ゆるかな　〃
人の世のかなしき櫻しだれけり　〃
遮莫焦げすぎし目刺かな　〃

句集『流寓抄以後』から抜粋した。万太郎没後、安住敦によって編まれた句集で、万太郎の句集はこれで終わりを告げる。

「とめどなく咲く」いのちのあわれ、「風にあらがふ日のひかり」そして「いのちのはてのうすあかり」への思い。それらは生きる「身の業《ごう》」に他ならない。人の世のかなしさに、あまりにも焦げすぎた歎きであったともいえよう。

万太郎は俳句を「即興的な抒情詩、家常生活に根ざした抒情的な即興詩」と言っている。見落としてならないのは「家常生活」という言葉だ。人生諷詠ないし境涯性と同義だ。

河童忌や河童のかづく秋の草　（昭二十一年）
獅子舞やあの山越えむ獅子の耳　（昭二十二年）
ばか、はしら、かき、はまぐりや春の雪　（昭二十七年）
へな〳〵にこしのぬけたる團扇かな　（昭二十八年）
蒟蒻屋六兵衛和尚新茶かな　（昭三十一年）

これら俳諧味の豊かな句において、単に言葉の芸だとするのは早計である。芸の裏側に、家常生活につながる糸が、あえかであっても必ずひと筋張っているのだ。そのひと筋の糸は切字の切口と結ばれ、言葉のもつ二重、三重性の巧みな使い分けで濃くも淡くもなって、読者のこころにしのび寄ってくるのである。

（俳誌「壺」一九八二年二月号）

万太郎俳句の人生流寓

——十年一トむかし——

久保田万太郎の俳句に慶弔句が多く、しかもすぐれているということは、高浜虚子とともに定説となっている。

万太郎は文壇・劇壇・俳壇のほか文化方面にことに顔が広く友人知己が多数あり、しかも「シキ魔」即ち式魔とアダ名されたほど、多くの儀礼に顔を出し名を列ねた。

浅草の袋物職の子として育ったので、職人気質の義理の堅さが、おのずから式魔たらしめたといえよう。その都度、句を乞われ、あるいは自身の「心おぼえ」として句を書き留めている。

万太郎の句集を読むと前書がきわめて多いことに驚くが、その殆んどは慶弔に関するものである。勿論、前書を除いても、それぞれ独立して鑑賞できる句となっているのは流石である。

「十年一と昔」という言葉は、日常よく使われるが、万太郎の場合ことに感慨深く詠われているのは、十年という節目ないし区切りに潔癖な性格が人並み以上に、詠嘆させたのだと思う。

十年一ト《ひと》むかしとこそ小春かな

昭和三十五年作。「〝浅茅会〟といふもの、浅草の花柳界にできしは昭和二十五年のことなり」と前書が付いている。浅茅会がはじまって間もない昭和二十八年にはプログラムに乞われて「浅草の小春御存じあさぢ會」という句を寄せている。生まれ故郷の浅草花柳会の行事ゆえに「十年一トむかし」の思いは、ことさらだったに違いない。

それにしても、「とこそ」そして「小春御存じ」などの措辞は万太郎ならではの軽妙な言葉扱いである。特に「とこそ」は単に強意のみでなく、句全体のイントネーションを軽快たらしめている。

万太郎は浅草田原町に生まれ（明治二十二年）て育ち、のち駒形（二十五歳）、北三筋町（二十九歳）、牛込南榎町、日暮里渡辺町（大正十二年・三十四歳）、日暮里諏訪神社前（大正十五年・三十七歳）、三田四国町（昭和九年・四十五歳）、三田綱町（昭和二十年・五十六歳）、鎌倉材木座（同年十一月）、同じく材木座（昭和二十二年・五十八歳）、湯島天神町（昭和三十年・六十六歳）、赤坂伝馬町三隅一子宅（昭和三十二年・六十八歳）、赤坂福吉町（昭和三十五年・七十一歳）と、七十三歳で不慮の死を遂げるまで十二回の転居をしている。その間、駒形（類焼）、北三筋町（関東大震災）、三田綱町（米軍空襲）と火災に三回遭っている。

そのためであろうか、万太郎は物に執着することがなく、資料の書籍なども身辺には少なかった。いつでも身軽に移住できた。句集に『流寓抄』(昭和三十三年刊)と名付けたのも、「人生流寓」の思いがひとしおだったからである。そうした流寓の間にも生まれ故郷の浅草は、つねに心のよりどころであった。

ふるさとの月のつゆけさ仰ぎけり

「九月二十六日、十五夜、たま〳〵浅草にあり」と前書がある。浅茅会のはじまった同じ年(昭和二十五年)の作である。

一トむかしまへうち語る切子かな

昭和十年作。「震災のおもひでとや」と前書がある。単に「語る」でなく、「うち語る」と接頭語をつけて強調している点に「一トむかし」への深い思い入れがにじみ出ている。切子をカットグラスと勘違いした人があったが、切子燈籠のことである。

雨車軸をながすが如く切子かな　(昭十三〜十七年)

夜あがりの空たのめなき切子かな　(昭三十二年)

黄泉の火をやどして切子さがりけり　（昭三十六年）

「たのめなき」あるいは「やどして」などの措辞のもつ陰翳に、そこはかとなき人生流寓の思いが感じられる。万太郎俳句は人生流寓の詩だと評しても異論はあるまい。

一トむかしまへの弟子とや桃青忌　（昭十八年）

前書に「上野清水堂にて」とあり、句会のときの即吟である。「一ト」のほか「朱ヶ」「寒ン」「冷ェ」などのように片仮名のルビをふって読みを間違えないように配慮した表記方法は、万太郎俳句の特徴の一つである。

春の雪うち〳〵だけの祝ひかな

昭和三十一年作。「〝春燈〟十周年をむかふ」と前書がある。「春燈」は、戦後いち早く、昭和二十年十二月、降誕祭の日に創刊号が刷り上がった。安住敦が、かねて敬慕していた万太郎を擁立して、戦災の灰燼の中に抒情復興の灯をかかげて出発した。万太郎をはじめ「いとう句会」など名だたる人たちが名をつらねていたが、その継続維持は端目に見るほど容易なものではなかった。安住敦の死に物狂いといってもよいほどの献身的努力でつづけられたのだ。特に初期の十年は並々ならぬ苦労だった。敦の人柄に心酔した「うちうち」の結束があったからこそ、十年の基礎が固まった。

そのこと以上に特記しておかねばならぬことがある。それは万太郎俳句は、「春燈」という舞台があったればこそ、こころおきなく詠いまくり円熟したということである。

獅子舞の太鼓松風ぐもりかな
双六の賽の禍福のまろぶかな
身の老いにかなふさむさや切山椒

これらの句には次のような前書が付けられている。「昭和三十年を迎ふ。……鎌倉に住みて、あゝ、つひに十年……」

この前書の「あゝ、つひに」に人生流寓の万太郎の歎かいが洩れている。人世の十年という節目の重さは貴重なものである。

（俳誌「水明」一九八三年八月号）

万太郎俳句追及

東京に出なくていゝ日鷦《みそ》鷯《さゞい》　万太郎

久保田万太郎、五十六歳。昭和二十年十二月二日（日曜）の作である。曜日まではっきりしているのは、そのひと月前、空襲で東京を焼け出された万太郎が鎌倉へ移って来たので歓迎句会が催されたときのものだからである。万太郎の句としては特にすぐれた作ではないが、この句は次のようなエピソードをもっている。

その句会の席上、連衆の一人が

――先生、みそさざいが居ましたか……

前庭のほうに目をやりながら尋ねた。と、万太郎は、少しムッとした表情でオウム返しに、きっぱり答えた。

――見なけりゃ作っちゃいけませんか……

万太郎だけでなく、当日みそさざいを見たものは居なかった。後日、万太郎は句集『流寓抄』で「日曜、しかも快晴、心、太《はなは》だ和む」と前書を付けているところから察すると「東京に出なくていゝ日」が先ず心和んで出来たのだ。万太郎のよく使った言葉を借りるなら「浮んだ」のである。然るのち「みそさざい」をあしらったのだ。ツケ味に〝芸〟がある。

万太郎名言は多く、ときに皮肉・毒舌も混っているが、例えば〈俳句は月並に限る〉だの、第二芸術論に対して〈俳句も芸術にされてしまいましたか〉などは、万太郎発言とされているが、証拠となると確証に乏しい。たしかに万太郎の言いそうな言葉ではあるが…それにくらべ〈見なけりゃ作っちゃいけませんか…〉は、発言確実である。

ほそみとはかるみとは蝶生れけり　万太郎
世に生くる限りの苦ぞも蝶生る　同
山國の蝶を荒しと思はずや　虚子
方丈の大庇より春の蝶　素十

こうしてみると句の上での蝶の現実性ないし、実在性は虚子、素十の句に軍配が挙げられるだろう。万太郎句は季節感あるいは抒情を季物で止揚した操作が巧みである。万太郎は十六歳の頃から句作しているが、それ以前に短歌に興味を示し、与謝野晶子の『みだれ髪』の影響を受けている。万太郎自身「ゆく春のうれひや波の夕しろき」「うぐひすに湯の香こもりし廊下かな」という少年時代の句に触れて、次のように記している。

――一トト目みればわかるやうに、これらの句のもつ〝空想〟は、〝感傷〟は、そして〝用語〟は、あきらかに短歌から……それも〝石を抱いて野にうたふ芭蕉の寂び〟をよろこばなかつた〝明星〟派の短歌からでてゐる。このときのわたくしの本心は、たしかに、短歌がつくりたかつたのである。あやまつてそれが俳句へと移行したのである。（中略）しかも、この不幸なかりそめの出立はいまだにわたくしの〝俳句〟のうへにみえがくれの水尾を曳いてゐる。三つ子のたましひ百までである。わたくしの俳句は、所詮は、だから〝俳句〟の形式を……正しい形式を借りたわたくし流の〝抒情詩〟でしかないのである。――

（好学社版「久保田万太郎全集」第十七巻　後記　昭和二十四年刊）

万太郎らしくないといってよいほど、ここでは素直に〝種あかし〟をしている。〝空想〟そして〝感傷〟さらに〝用語〟の三本柱こそ久米三汀（正雄）をして「絢爛たる枯淡」と讃美させ、芥川龍之介に「歎かいの詩人」と賞された万太郎俳句を支えるものである。しかも本人の言っているように「三つ子のたましひ百まで」のとおり、七十三歳で世を去るまで終生渝ることは無かった。

すべては去りぬとしぐる、芝生みて眠る　70
煮大根を煮かへす孤獨地獄なれ　70
何をよぶ海の聲ぞも毛絲編む　70
しらつゆや手かゞみのみの知るなげき　71
秋涼しさもなき草の花をつけ　72
春の灯の水にしづめり一つづつ　73

（数字は年齢を示す）

晩年の句である。「悔ありや　なし矣　扇を捨てにけり」という強気の句や「竹賣の日なたを來るやけさの冬」など平穏な心境の句もあるが、全体としては、〝孤独〟と〝歎かい〟が一貫して底流となっている。

ここで敢て万太郎ファンに逆らって、これらの「孤独・歎かい」の真底を探ってみるとき、そこにいささかの韜晦があることに気づくであろう。おのれの境遇をひたすら見凝めている。物を見る隙もないほどに…。

作者の万太郎自身が言っているように、発想の契機に〝感傷〟の度合いが濃いゆえの韜晦である。それが結果として独自に成功した句体となっているのは、ひとえに〝用語〟操作の卓越しているためである。

万太郎は「――わたくしは、俳句に対しては第三者である」「わたくしの『心境小説』の素に外ならないのである」（句集『もゝちどり』『わかれじも』『ゆきげがは』自跋）と繰返し記している。第三者、あるいは「余技」と言っているのは、万太郎持ち前の性格であったテレ性と、小説・戯曲を表看板として第一人者であったことへの〝義理立て〟ゆえであろう。事実、二十二歳から二十七歳の間、小説家として脚光を浴びた時代は、俳句をつくることを、ひたかくしにしていた。

さて、ここで万太郎所信の、「俳句は心境小説の素」について、さらに追求してみよう。万太郎は十九歳の春から二十一歳の秋までの二年余りを、九段中坂望遠館に仮寓していた松根東洋城の運座に、週一、二度ずつ通った。

万太郎の言葉を藉りると、「わたしの俳諧生活はすゝむところまですゝんだ。昂騰するところまで昂騰した。飛翔するところまで飛翔した。――身を粉にくだいてわたしは精進した……」という。

一夜で百句という修練もあったようで、同門に飯田蛇笏がいた。万太郎が用語の技巧を身につけたのは、この期間ではないかと思う。

松根東洋城は、万太郎より十一歳年上で、万太郎（昭和三十八年没）より一年後没している。京大卒業後、宮内省式部官を勤めた。俳句は松山中学在学中、同校教諭であった夏目漱石を識り、師事した。大正四年（一九一五）、「渋柿」を創刊し、虚子の「ホトトギス」に拮抗した。

黛を濃うせよ草は芳しき　東洋城

世に人あり枯野に石のありにけり　同

東洋城は虚子の写生俳句に対して、心境・境涯の俳句を理念とした。東洋城の所説の一端を引用しよう。

——俳句は心境俳句を最上とする。否、心境俳句こそ真の俳句である、境涯の句、心境俳句でなくてはならぬ。

——凡そ人は諸を、一応耳目鼻口膚で受取るのが順・普通、それをその境涯に於て、とは畢竟、心の奥の奥、神身の総支配の元締の処でのこと、まさに心境、前に頭脳窩中の産物といふたのもこゝ。「心境俳句」である所以。（「渋柿」昭和九年三月号）

万太郎は、この東洋城の指導下に「身を粉にくだいて精進した」のであるが、後年、万太郎が繰返して言った「俳句は心境小説の素」と東洋城の「心境俳句」は、「心境」という言葉は同じであっても、そこにいささかの陰翳の違いがある。

結論から言うと、万太郎は「心境小説の」と言い「小説」の二字を付加しているところが違うのだ。「心境」そのものでは「芸」が無いという意味でもある。

東洋城は「人間境涯の心の奥（底）の奥（底）の境地」であり、万太郎は「家常生活における人間哀歓の心の情境」と解せられよう。

息白しわれとわが袖かきいだき　　万太郎
たましひの抜けしとはこれ、寒さかな
湯豆腐やいのちのはてのうすあかり
遮莫焦げすぎし目刺かな
小でまりの花に風いで來りけり
牡丹はや散りてあとかたなかりけり

万太郎の死の前の句であるが、前三句と、後の三句とは相違がある。特に前二句は自我の露呈が目立ち、実体が無い。自我はいくら嘆いても宇宙の真実へは切込めない。言葉は実体に被せた「虚」の符号だからだ。『臨済録』の示す「直指見性」が先決ではないか。言葉のみに走らず実在を見究めてこそ「あとかたなかりけり」の「空《くう》」の境地へ悟入できるのだと思う。

（俳誌「青樹」一九八四年十二月号）

第Ⅲ章　来る花も来る花も　〈交友篇〉

久保田万太郎と松根東洋城

久保田万太郎がみずからの俳歴を語ったものとしては、万太郎第一句集『道芝』（昭和二年刊）の自跋が、最もよくまとまっている。

それによると万太郎が松根東洋城に教えを乞うたのは、明治四十一年から同四十三年の間である。万太郎十九歳〜二十一歳。東洋城三十歳〜三十二歳の頃である。

俳壇では「アカネ」創刊号に大須賀乙字が「俳句界の新傾向」を発表、高浜虚子が小説に専念すると宣言して国民新聞の選句を東洋城に移譲（同四十一年）、河東碧梧桐が続三千里の全国行脚に出発して新傾向俳句を流行させる（同四十二年）という時代であった。

万太郎自跋から当時の消息を伺ってみよう。

——東洋城はわたしのつくる句を蛇笏、余子、句之都、一樹、爲王、さうした古い、熱心な練達な作者たちのものとよるものと一しよにかれが虚子から委ねられた国民新聞の俳句欄にこれを掲げた。かれはわたしの句の都会的な繊細さをことのほか喜んだ。——当時かれの仮寓は九段中坂にあった。一週間に一度あるひは二度づ、わたしは、必ずそこに足を運んだ。――俳句に対する真実さのしかく日に〳〵磨かれて来ることのそのときほどわたしにはツきり感じられたことはない（中略）わたしの俳諧生活はす、むところまです、んだ。昂騰するところまで昂騰した。飛翔するところまで飛翔した。――身を粉にくだいてわたしは精進した……

万太郎は慶応義塾の学生であり、東洋城は宮内省式部官であった。九段中坂の東洋城の仮寓望遠館での句会は、碧梧桐の新傾向俳句に対抗して定型を守る城であったともいえよう。それにしても万太郎の熱気の高まりには驚く。後年の万太郎俳句の基礎は望遠館句会で固まったといえる。わずか三年足らずでも熱の入れ方次第である。当時の句を抄出しよう。

東大寺提灯殊に朧かな　　東洋城
旅人や日の短かさの瀬田大津
腸焦げて黒き詩を吐く炬燵かな
摘草のこぼれ草ある框かな
奈良を出て帯解は雨や種井時
鳥追やうき世の霜の袖袂　　万太郎
貧しさに馴れて金魚も飼ひにけり

霍亂ややがて御成の人通り
深川の小さき寺や墓參
海贏うちの廓ともりてわかれけり
短日やけふの案内の泉岳寺

万太郎のこの時代の作品は、かなりの数を拾える。夜を徹して句作したゆえであろう。しかし質においては後年の句に劣るが、二十代そこそこの若者としては当然であろう。愛着していた句には例えば「海贏の子の――」「――国へみやげの泉岳寺」と後年推敲を加えている。

万太郎俳句には季重りが多く、また固有名詞を巧みに活かした句が多い。これは、この時代の東洋城の句にも多く、その感化を受けたものであろう。「かな」をはじめとした古典的切字の多出についても同様と思われる。

万太郎は「わたくしにとつて、所詮は俳句は、わたくしの……小説家であり、戯曲家であり、新劇運動従事者でありするわたくしの『心境小説』の素《もと》に外ならないのである」（句集『ゆきげがは』後記　昭和十一年刊）と述べているが、この考えは東洋城がかねてより説いていた「心境俳句」を基盤として発展させた見解であることは疑いない。

東洋城の「心境俳句」（「渋柿」三月号　昭和九年刊）から、その要旨を引用してみよう。

俳句は心境俳句を最上とする。否、心境俳句こそ真の俳句である、境涯の句、心境俳句でなくてはならぬ。

この東洋城の考えは、俳句に復帰した虚子が大正五年、国民新聞俳壇選者を東洋城より奪還したのち昭和二年「花鳥諷詠」を標榜したのに対立して主張したものと推量される。俳句における人間復興の先鞭をつけたものとして注目すべきである。引用を続けよう。

間違へてはならぬ、境涯とは境遇ではない。境遇はその一人の周囲環境——周囲環境の事々物々の状態で、即自己以外である。境涯はさうではない、事自己の内部に関する。しかもその自己の内部がその境遇と契合し、その胸中及境遇の交接する処に他ならない。（中略）自分（人間）といふ者を真中にして、その内は心であり、その外は自然界である。境涯のあるとは、畢竟此内と外と、即、人の内と外の大自然との一致を見たところであった。

東洋城の言う心境は、個人の境遇を包含した上で、人間の心の奥底にある境地のことで、それが「境涯」だというのだ。即ち心境俳句即境涯俳句だと言うのである。

万太郎は「〝影〟あってこその〝形〟」と端的に言っており、

——内へ、内へ……これからの俳句の秘密を解き得る鍵は、たゞ一つ、それだけである。

と結んでいる。

俳諧は寒き事ぞと教へしが　東洋城
秋の香や闇一色を驀地に
舟中枕藉東方白し肌寒み

翁忌やおきなにまなぶ俳諧苦　万太郎
湯豆腐やいのちのはてのうすあかり
鮟鱇もわが身の業も煮ゆるかな

両者とも晩年の句である。東洋城の「舟中枕藉《しゅうちゅうちんや》」は蘇軾の詩の一節。人世は流れに浮かぶ舟である。人は互に枕を藉《か》り合って生きてゆく。

御所下がりくれば暮雨待つ火桶かな　東洋城

暮雨は望遠館句会時代の万太郎の俳号である。昭和三十八年、七十三歳で急死した万太郎を偲んだ句である。東洋城の心には終生、若き万太郎の姿が刻まれていたに違いない。翌昭和三十九年十月二十八日、東洋城もまた八十六歳で逝去した。

（俳誌「林」一九八四年七月号）

久保田万太郎と室生犀星

久保田万太郎と室生犀星（明二十二年～昭三十七年、七十二歳没）とは、同年の生まれである。干支でいえばともに丑年である。

しかも、その死も犀星が一年早いだけで、ともに同じ時代を文学者として生き抜いてきたわけである。

それだけのことなら、改めていうほどのことも無いが、両者ともに十代の頃から俳句をはじめたことが出発点となって、小説家、詩人（犀星）、劇作家（万太郎）として大成し、芸術院会員（昭和二十二年万太郎、同二十四年犀星）にも揃って就任している。さらに、両者の共通点を加えるならば、その作品がともに〝抒情主義〟をつらぬいていたということだろう。もう一つ言わせてもらえば、俳句をつくることを二人とも終生つづけていたということだ。

万太郎が与謝野晶子の『みだれ髪』に感動し、犀星が北原白秋の『邪宗門』に心酔したというところにも、多感な文学少年であった両人が思い浮かぶ。と同時に明治末年頃の、文壇の潮流が西欧の影響を受け、二人が自在に翼を拡げ得る状況にあったことも幸いしたと思う。

はるさめに一トしほ松の群る丶かな　万太郎
枯草のなかに賑ふ春の雨　犀星
手毬唄哀しかなしきゆゑに世に　万太郎
行春や版木にのこる手毬唄　犀星
逢へばまた逢つた気になり螢籠　万太郎
親一人あとにのこりし螢かな　〃
螢くさきひとの手をかぐ夕明り　犀星
螢かご入日に移し哀れがる　〃
世に男、をみなの縁の雪來る　万太郎
ゆきふるといひしばかりのひとしづか　犀星

同じ季題で並列させてみたのは、何も優劣を問おうとするわけではない。両者ともに、きわめて主観が濃いのを指摘したかったからである。それは「抒情の濃さ」と言ってもいいが、もともと俳句は〈抒情の言えぬ抒情詩〉であることを両人は承知しての上の俳句なのだ。さればこそ二人は、その小説において、飽くなき抒情表出をこころみているではないか。

犀星は、「俳句といふものには底がない」と言い、万太郎は、「内へ、内へ……これからの俳句の秘密を解き得る鍵は、たゞ一つ、それだけである」と言っている。

日本の近代文学の歴史上、青春から晩年まで句作をつづけながら、平行して小説を書き、詩を戯曲を書いた作家は万太郎と犀星のみであると断言してよい。他の作家は途中でいずれかを中止し、あるいは中途からはじめているからである。

万太郎・犀星の二人は、俳句をつくりつづけて小説を書きつづけたがゆえに、それぞれの領域の困難さと怖しさを知りつくすことが出来たといえよう。

万太郎・犀星の共通点ばかりを述べてきたが、異なっている点はどうなのであろうか。まず、その生い立ちが対照的である。万太郎は東京浅草の袋物職の家に生まれ、「三文安い婆育ち」で、当時としては余裕ある家庭に育ち、二十二歳の学生のときに書いた小説が好評を得て、一躍文壇の寵児となる。家業はその後に傾く。

犀星は金沢市の足軽組頭を父とし、その家に仕えていた女中の私生児として生まれ、名前も付けられずに貧しい寺に養子にやられる。高等小学校を中退し裁判所の給仕として、独力で身を立ててゆく。万太郎が新進として名を出しはじめた頃に上京して北原白秋らを訪ね、その後、着実に詩壇への地歩を築いてゆく。万太郎と犀星が特に親交するようになったのは、芥川龍之介を接点としてである。万太郎は関東大震災後、それより先から芥川の住んでいた田端に犀星が住み、すぐ隣町の日暮里に万太郎が住むようになったからである。しかし芥川は昭和二年七月二十四日に自殺をしてしまう。その頃より晩年に向かうにしたがい、万太郎は小説の数が間遠になってゆく。犀星は晩年に向かい増えてゆく。万太郎は昭和十年、妻に自殺され、盛名とはうらはらに流寓と孤独をいよいよ深めてゆき、俳句にそれがあらわれてくる。

犀星も劣らず盛名をゆるぎなきものとしてゆく。昭和十三年、妻が倒れ半身不随となり以後、献身的な看病にあたる。長篇の小説を次々に意欲的に発表してゆく。

即ち、万太郎の小説は私小説ではなく犀星の小説は私小説であり、万太郎の俳句はついに私俳句をきわめ、犀星の俳句は私俳句ではなかったのである。

この寒さはじき飛びけり杉の枝　　犀　星

なにがうそでなにがほんとの寒さかな　　万太郎

（俳誌「嵯峨野」一九七九年十一月号）

久保田万太郎と吉井勇

久保田万太郎七十三年の生涯は何であったのだろう。

芥川龍之介は万太郎を評して「市井、歎かいの詩人」と言ったが、いみじき評であり、「歎かい」の持つ意味は大きい。

万太郎の詩人としての芽生えは、十六歳の頃からだったことが彼自身の記録で知られる。

……わたしが「俳句」といふものをつくり覚えたそも〳〵は中学三年のときである。誰に手ほどきされたともなく、みやう見真似、自分にたゞわけもなく十七文字をつらねて満足したにすぎない。だから、外に、短歌もつくれば詩もつくつた。——そのころすでに「明星」の愛読者で、晶子と泣菫にこと〴〵く傾倒してゐたわたしは、どつちかといへば、俳句よりも短歌や詩のはうに多くの愛着を感じてゐた。短歌や詩のことにして俳句はあまりに低俗だつた——。が、こまつたことに、身辺、俳句の結社はあつたが、短歌の仲間、詩の友だちはどこにもなかつた。

昭和二年、万太郎三十八歳で刊行した処女句集『道芝』の自跋の一節である。

万太郎が東京府立第三中学校三年生のときは明治三十八年（一九〇五）であるが、それより前の明治三十三年（一九〇〇）に、与謝野鉄幹・晶子らの東京新詩社が「明星」を創刊している。薄田泣菫の詩集『暮笛集』（明治三十二年刊）や、与謝野晶子歌集『みだれ髪』（明治三十四年刊）を万太郎がそらんじていた理由が、上掲文章で納得できる。

それと同時に、万太郎が「低俗」と言っていた俳句を彼自身「余技」と言いながらも、かくし妻のごとく生涯付き合い、没入していったのである。さらに万太郎没後、低俗と卑下した俳句が小説や戯曲同様に高く評価されているのは皮肉なことである。

吉井勇《よしいいさむ》（明十九年〜昭三十五年）は久保田万太郎より三歳年長になるが、十九歳のとき、与謝野鉄幹に入門を乞い、以来「明星」に短歌を発表しはじめる。

万太郎は浅草に生まれ、府立三中、慶応義塾大学。勇は芝に生まれ、府立一中、早稲田大学だが、二人とも成績不良で中学は転校している。

日本芸術員会員には万太郎が昭和二十二年、勇が翌二十三年に就任している。両者ともに家庭的には不遇で、万太郎句集に『流寓抄』、勇歌集『流離抄』があるように、ともに流寓流離の境涯が共通している。

二人の違いといえば万太郎が袋物職人の家に生まれたのに対し、勇の父が伯爵であったというくらいである。

――口幅つたいことを言ふやうだが、歌壇などといふものは殆んど眼中になかつたのである。それが如何してだかこの二三年、洛東如意山麓に閑居するようになつてからは、歌壇もまた棄てたものではないと思ふやうになつて来た。これは自分でも不思議な心境の変化だと思つてゐるが、結局それは「ふるさとへ廻る六部は気の弱り」といつたやうな心持であつて、漸く老境に入つて来た心理現象であるかも知れない。――

勇歌集『形影抄』（昭和三十一年刊）の後記で、勇七十歳のときのものだが、この文章の歌壇を俳壇と改めればそのまま万太郎に当てはまる。事実万太郎もまた「ふるさとへ廻る六部は気の弱り」という古川柳をしばしば口に出し、文章にも引用している。

歌壇・俳壇を「眼中にせず」という作家は現在では無いといってよいが、反面では文人としての気概に欠けた歌人・俳人が多いともいえるであろう。

「洛北消息」拝見。

雑誌をもつて来てくれた「短歌研究」の人のまへで

「うまいなァ、やつぱり吉井さんは」

おもはず一人ごとをいつてしまつたのをお許し下さい。

が、歌でこれだけのことがいへるなら、何も、だら〳〵、不自由つたらしい文章なんぞ書くことはない。……ほんたうにさう思ひました。あれをみて……。

といふのも、小生このごろ、原稿用紙にのぞんだ場合、簡潔に……いつもさう自分にいひ聞かせます。それがあるからかとも思ひますが……

二十首のうち、とくに左の八首を頂戴いたします。

寂しきは終の栖とわれのいふ心の奥処友は知らずも
比叡が嶺にしたしむ心友知らず都に来よとまたもいふなる
をり〳〵は心騒げど思ふほどわび居馴るれば安けくもあるか
しかはあれ狭庭の石の比叡苔に雨ふるみれば思ふこと多し
清閑といふにはあらねしづけさをひた守るわれぞ風よ立ちそね
鞍馬なる竹伐りまつり近しとよ友の訪ひ来ば率て行かむもの
都べは風あら〳〵しわが友よ酒は酌むとも深酔なせそ
長臥やる友をおもへば鰺焼きて夜酌む酒もうまからぬかな
（以下略）

昭和十四年六月、万太郎が書いたものだが、その四年前、妻に先立たれ息子と二人きりだった万太郎にとって「寂しきは」「わび居」「深酔なせそ」いずれも身に沁みるばかりであったろう。

土佐から京都へ移ったばかりの勇と、転々と住所を変えていた万太郎と、二人とも「夜酌む酒もうまからぬ」流離流寓に意気投合する共通の歎かいがあったに違いない。

昭和三十五年十一月十九日、吉井勇の死に駈けつけた万太郎は霊前に悼句を捧げている。

悴みてわかき日ばかりおもふめる

「わかき日」——それは青春の意気に燃えて「明星」に投稿していた時代を思ってのことと思う。

（総合誌「詩歌世界」一九八四年一月号）

久保田万太郎と安住敦

——花というもの……

と、突然先生はおっしゃった。

…その年によって妙に目につく花というものがありますね。

——ことしは何の花です？

と受けながら、ふと先生の視線を追ったわたくしの目に、とある屋敷の庭に咲き垂れたコデマリの花があった。

——小でまりの花に風いで来りけり

と、先生はつぶやかれた。わたくしのきいた先生の最後の句である。

（安住敦「俳句への招待」）

この文章の「わたくし」は安住敦で、「先生」はその師、久保田万太郎である。しかもこの師弟の別れの最後の場面を記したものだ。さらに正確に言えば、それは昭和三十八年五月六日午後三時半過ぎのことである。それから二時間ほどのちに万太郎は赤貝の鮨による誤嚥下気管閉塞という突然の事故で死去した。

敦が万太郎の作品を通じて憧憬し、いわば心のなかの師としていたのは、昭和初年、二十代の頃からと思われ、謦咳《けいがい》に接する以前に万太郎俳句鑑賞などを発表している。直接謦咳に接するようになったのは、太平洋戦争中に敦が日本移動演劇連盟に職をもっていた頃からである。敗戦の昭和二十年十二月、敦と大町糺が創刊した「春燈」が刷上り、万太郎を選者に擁立したことで名実ともに師弟となり、敦は永年の思いを遂げたというわけである。この年、敦は三十八歳、万太郎は五十六歳であった。

─俳句雑誌をつくるから、選をしていただけないかと申し出たんです。ところが先生、例の調子でぜんぜん相手にしないで、酒を飲んで酔っぱらって寝ちゃった。エエ、コンチクショウと思いましてね。これだけ礼を尽してお願いしてもだめなら、もう頼まないぞと、ぼくもやけくそになって寝ちゃったんですけれども。翌朝、眼が覚めると「雑誌の題は『春燈』というのはどうでしょう」と、こうくるんです。その後、ずっと一回も選を休まれたことが無いんです。（「俳句」昭和三十八年七月号）

万太郎追悼座談会の敦の発言で、テレ性で本心を素直に出さない万太郎の態度が彷彿とする。「その後ずっと一回も選を休ま」なかったことは事実だが、十八年にわたって続けさせたのは敦で、気軽に言ってはいるが並々ならぬ苦労によってつづけられたのである。万太郎生涯の句業において、特に「春燈」時代の晩年の作品が生彩を放っていることは定説だが、それは敦の「縁の下の力」が無かったならば完遂されなかったであろうと言っても過言ではない。

ふゆしほの音の昨日をわすれよと　　万太郎

雁啼くやひとつ机に兄いもと　　敦

「春燈」創刊号に発表された句である。初出のときは「ふゆじほ」「雁なくや」であったが、師弟それぞれ、掲出のように後日、改めている。これらの句のみでなく、自作に対して何回となく発表の都度推敲を重ねているのは、万太郎も敦にも例が多い。自作に対する飽くなき完璧を追求する作家精神といってよかろう。

敦は万太郎没後も、ことごとしく万太郎を論じたりしていない。没後もなお「縁の下」をもって任じているのだ。本物の「師弟」というのは、そうしたいわば「言わず語らず」のものなのだ。敦が、ときに座談や随筆で洩らす師への思い出にこそ、しみじみとした誠実さにあふれている。

——サラリーマンであるわたくしは、例として毎朝まず職場へ出勤する。ひと通り新聞などに目を通し、急ぎの仕事を処理する。そして仕事の工合を見はからってときにそっと職場を抜け出す。

（中略）こうして度々午前中訪ねていって、俳句の選をして貰ったり、先生の俳句を口述筆記したりしたことが、なにかわびしげに想い出されるだけである。

　こうして一ト通りの仕事を済ませて帰ろうとすると、いつも大てい先生は、あたしも一しょに出ますといって身支度をする。そして二人は黒門町の蓮玉庵に立ち寄るのである。すなわち先生には朝飯がわりの、僕には昼食がわりの蕎麦をするために…。

（中略）ときに所用があって、池の端あたりへ出るとわたくしは必ず蓮玉庵に寄る。そして、かつて蕎麦の好きだった先生をしのびながら、一人ぼそぼそと蕎麦を食べるのである。　（安住敦「市井暦日」）

「一人ぼそぼそと蕎麦を食べ」ながら師との、かつての日々をしのぶ敦の真実の姿を見る。

　――ぼくのいちばんいやなのは、わたしは煙草を喫わない、煙草のかわりに俳句を作るのですというあれ（笑声）いやがらせにいうのですね。…（「三田評論」昭和四十二年三月号所収　座談会「ふだん着の久保田万太郎」）

禁煙家で、煙草を吸うつもりで一句作るという万太郎と、ヘビーとも言える愛煙家の敦であったが、煙草にかぎらずこの程度の嫌味や皮肉を万太郎はよく言った。勿論、本心からではないのだが。

古暦水はくらきを流れけり　万太郎

安住敦第三句集『古暦』（昭和二十九年刊）に寄せた序句である。万太郎には「水」を愛し水を詠んだ句が多い。わざとらしく表にざわめく水よりも、くらき背後にひそかに流れる水の誠実をこそ、みとめていたのである。万太郎没後も、折にふれて敦は師を偲ぶ句を作りつづけた。

こでまりの愁ふる雨となりにけり　敦
田づくりや碌々として弟子一人　〃
歳旦の墓のほかわが訪ふ師なし　〃

（俳誌「畦」五〇号記念号　一九七八年八月号）

久保田万太郎と芥川龍之介

　ＪＲ山手線、田端駅には表口と裏口がある。普通なら東口、西口などと称するのにここは変っている。西日暮里寄りが裏口である。しかも、「裏口営業は六時から終電まで」と看板が掛っている。ＪＲも「裏口営業」をしているというのが面白い。

　昭和五十五年晩秋の某日、私はこの裏口を降りた。ホームの階段を上り崖の中腹に裏口にふさわしい小さな駅舎の口を開けている。崖沿いに坂を上ると崖の上、即ち台地の上に出る。

　この台地は武蔵野の台地の端が、いくつかの尾に岐れているものの一つで、上野の山が末端となっている。

　だから崖の上から日暮里方面に向かい、左側（東側）は切り立った崖で、崖裾は国電が走っている。さらに一望の街を見おろし、荒川が見え、地平の彼方に筑波山が見える。雄大な眺望といっていい。

　左手の眺望をたのしみながら崖上道を五分ほどゆくと、右側に「田端台公園」がある。

そのあたりから道は崖の側面を下り坂になってゆく。長い坂である。私は自分勝手に「ゴボウ坂」と名付けている。牛蒡のように長いからであるのと、昔このあたりは牛蒡や人参の名産地で滝野川人参といわれていたほどだからである。

「田端台公園」は地番でいうと東京都北区田端一丁目二八で、北区の東の端に当たる。ゴボウ坂を下らずに右側（台地側）に短かい坂を上ると、そこは荒川区西日暮里四丁目で、通称「道灌山」というのはこの辺一帯のことである。太田道灌の居城があったのだ。地番変更以前は、日暮里渡辺町と呼んでいた。

渡辺町といふところ　二句

した、かに水をうちたる夕ざくら

夏近しまなかひつくる蝶一つ

久保田万太郎句集『草の丈』の中で知られている句である。古老の話では、当時この付近は桜と藤が沢山あったという。

句集『草の丈』は万太郎が、その時期に住んだ土地々々をもって区切りをつけて編集されており、「浅草のころ」（明治四十二年―大正十二年）「日暮里のころ」（大正十二年十一月―昭和九年）「芝のころ（その一）」（昭和九年六月―十七年）「同（その二）」（昭和十七年三月―二十年十月）となっている。「日暮里のころ」の冒頭の句を参照しよう。

大正十二年十一月、日暮里渡辺町に住む。親子三人、水入らずにて、はじめてもちたる世帯なり

味すぐるなまり豆腐や秋の風

二階八畳と六畳、階下八畳と六畳と四畳半、外に台所に所属せる三畳、これがいまゐる渡辺町の間取である。このなかで私の最も好きなのは階下の四畳半である。奥まつた感じをもつてゐるからである。すなはちこの部屋をえらんで茶の間に宛つ。

ひぐらしに燈火はやき一ト間かな

「日ぐらしの里」の名のように、当時のこの地の蜩の鳴き競う趣が伝わってくる句だ。大正十二年（一九二三）、万太郎三十四歳。文壇、劇壇にすでに名を成していた万太郎は、九月一日関東大震災で浅草北三筋町の家を焼け出された。牛込区南榎町に仮寓の後、渡辺町に家を持つ。通称筑波台と呼ばれるこの台地の西側、歩いて十分ほど坂を下ったところに芥川龍之介が住んでいたことの縁によるものと思われる。

この渡辺町の家は大正十五年（一九二六）六月、日暮里諏訪神社前に転居するまで、わずか二年半だが、浅草時代、必要なこと以上に付き合いで多忙をきわめた万太郎にとっ

て、安定した仕事をする転機をもたらした。

小説「寂しければ」「みぞれ」「妻子」「家」、戯曲「短夜」「露深く」「月夜」「旧友」など多くの名作が生まれた。それらは「燈火はやき」四畳半の一と間での所産だったわけである。

ゴボウ坂を下らずに右側に短かい坂を上ったところは、この台地ではおそらく最も高い位置であって、現在は住宅とマンションが密集している。四、五階建のマンションからの見晴しは素晴しかろう。マンションの一つに「カーサ城山」という、かなり大きな五階建の茶色の建物がある。地番は西日暮里四丁目五―一八である。ここが画家石井《いしい》柏亭《はくてい》（明十五年～昭三十三年）邸跡である。土地の古老を探し当てて、ようやく発見した柏亭旧居跡だが、これを探し当てたのは、次の万太郎の文章を手がかりにしたからである。

――日暮里へ来て最もわたしのうれしいと思つたことは、由来その土地の桜の木に富んでいることだつた。（中略）

淋しさやちもとの菓子と花ふゞき

した、かに水をうちたる夕ざくら

宵浅くふりいでし雨のさくらかな

かうしたわたしの句は、すべてこれ、その渡辺町時分の所産である。（中略）道灌坂の上、筑波台の、わたしのうちと、文字通りお隣りだつた石井柏亭さんのところの門の中に一トもとの大きないい桜が枝をひろげてゐたのである。わたしはその桜に愛着を感じた。——

（随筆「春老ゆ」昭和四年）

この文章を読むと、私の名付けたゴボウ坂がどうやら道灌坂であるらしいが、古老に聞いても知らぬという。横関英一著「江戸の坂東京の坂」にも道灌坂は見当たらない。万太郎の文章から、「ひぐらしに燈火はやき」その家のたたずまいを探ってみよう。

——田端の停車場のうへの崖みち。——王子から日暮里のはうへつづいてゐる崖みちに、わたしのうちは側面をみせて立つてゐる。——といふことは、わたしのうちの、やや東にそれた北むきの縁側。——そこの硝子戸越しに、幾分高みからみ下すかたちで結ひまはした建仁寺の外のその崖みちを、——大きく雁木を画いてつづいたその一部をみることが出来る。——その下に、遠く、そのあたりもう田端の構内の、入交つた幾条もの線路をへだてて三河島だの尾久だのの、「ところぐ〳〵氷る水のいろが枯野のさまを思はせる」町々の光景がどこまでも拡つてゐる…。（随筆「日曜」大正十三年）

「田端の構内の…」以下は、現在も同じ眺望だが、「枯野のさま」は全く見られない。

この文章だと、どうやら石井柏亭より、万太郎の家はさらに崖っぷちに近かったように思われる。現在の西日暮里四丁目四―九浦野さんという家の辺りである。

田端

崖ぞひのふみかためたるみち夜長

金魚の荷嵐の中に下ろしけり

長男耕一、明けて四つなり

さびしさは木をつむあそびつもる雪

親と子の宿世かなしき蚊遣かな

渡辺町時代の万太郎の句である。

万太郎は大正八年(一九一九)、三十歳のとき、大場白水郎(万太郎と府立三中で同級)の養女京と結婚し、一人息子の耕一をもうけていた。万太郎の生涯で「親子三人水入らず」の前書にあるように最も幸福な時代であった。

第三句「つもる雪」の句は初出の句集『道芝』(万太郎第一句集)のときは

淋しさはつみ木あそびにつもる雪

であったが、その後

　　淋しさはつみ木のあそびつもる雪

と改め、さらに上掲のように推敲されたのである。万太郎俳句には、このような例は多く、一つの句にいかに愛着したかが知られる。

　筑波台の名も忘れられ建物も変ってしまったが、小ぶとり万太郎が、いまにもトコトコやって来るようだ。と、一軒の家の庭に桜の木が紅葉しているのを見つけた。根元の太さは直径二十センチメートルぐらいだ。ここは昭和二十年四月十日に米軍の空襲で焦土になっているから、万太郎時代の桜ではあるまいが、「したゝかに…」の夕桜をしのぶには充分であった。

「カーサ城山」の西側、即ち崖と反対側に廻ると、三菱銀行のアパートのビルが並んでおり、「く」の字に曲った下り坂がある。

古老は「富士見坂」と言ったが、この台地は、当時はどこからでも西側に富士が遠望されたので、同じ坂の名はこの台地の他のところにもあり、さらに東京の各地にもある。

　そこで私は、またまた勝手にこの坂を「鼻曲り坂」と名付けた。その理由は「く」の字に曲っているのと、この坂を下りていった先に芥川龍之介の旧居跡があるので芥川の名作「鼻」にあやかって命名したわけだ。

　鼻曲り坂を下ると、与楽寺という江戸六地蔵で知られた寺があり、芥川の旧居跡は与楽寺前の道の坂を上った上である。当時は北豊島郡滝野川町字田端四三五番地で、現在は北区田端一丁目一四番地辺りになっている。

芥川龍之介は万太郎より三歳年下で、府立三中で万太郎の後輩で、学年では二級下であった。

万太郎は府立三中時代から俳句をはじめていたが、その後、小説・戯曲で名を成すようになってから、俳句には疎遠になっていた。もう一つには小説家仲間に俳句をやっていたことを知られたくなかったためでもある。それが、日暮里渡辺町に移ってからは万太郎流に言えば「おっつけ晴れて」俳句に熱を入れはじめたのである。

それは、周辺の自然の姿に接したことと、「水入らず」の心の落着きと、俳句熱心だった芥川の刺激が大きな影響を及ぼしたからである。

事実、万太郎俳句を論ずる場合、この渡辺町以後からが、万太郎の言う「心境」の裏うちされた抒情豊かな句で展開する。それ以前は、いわば技《わざ》の度合いが濃く季題趣向の勝った句が多い。

関東大震災は万太郎個人にとっても、その生活に大きな変革をもたらし（万太郎が洋服を着るようになったのは震災後という）、社会も大きく変った。俳壇も「ホトトギス」で水原秋櫻子が清新な作風で瞠目を集め、大正十四年には、松根東洋城の下で万太郎と競詠した飯田蛇笏が「雲母」主宰者となった（大正十四年一月）。

もともと俳句好きであった万太郎は発奮せざるを得ない条件に取り囲まれたといっていい。万太郎は「――以前の『恋人』にわたしは邂逅した」と言っている。

芥川の随筆に「田端人」（大正十四年）という作がある。当時田端付近に住んでいて、交友した人物七名について書いている。

下島勲《いさお》（医師で乞食俳人井月《せいげつ》句集を編した、号空谷）、小杉未醒《みせい》（画家、詩歌俳句をつくった）、鹿島龍蔵（実業家）、香取秀真《ほずま》（鋳金家、歌人、芥川の隣りに住んでいた）、北原大輔（画家）、室生犀星と久保田万太郎である。万太郎の項を抄出しよう。

――久保田万太郎　これも多言を加ふるを待たず。やはり僕が議論を吹つかければ、忽ち敬して遠ざくる所は室生と同巧異曲なり。なほ次手《ついで》に吹聴すれば、久保田君は酒客なれども、（室生を呼ぶ時は呼び捨てにすれども、久保田君は未だに呼び捨てに出来ず。）海鼠腸《このわた》を食はず、からすみを食はず、況や烏賊の黒作（これは僕も四五日前に初めて食ひしものなれども）を食はず。酒客たらざる僕よりも味覚の進歩せざるは気の毒なり。――

龍之介から吹っかけられた議論は、おそらく万太郎にとって新鮮な刺激となっていたに違いない。万太郎は昭和二年五月、俳書堂から刊行した処女句集の序を龍之介に依頼していることでも、信頼の濃さが知られる。

――久保田万太郎氏は僕の先輩である。小説家としても、俳人としても、同じ中学の卒業生としても、――かう云ふ先輩の作品を云々するのは礼を失してゐるかも知れない。しかし又或は久保田氏の後輩を遇するのに厚いことを顕す所以にもなるであらう。僕はその為にこの句集に数行の序を作ることにした。(中略)

――若し伊藤左千夫の歌を彼自身の言葉のやうに「叫び」の歌であるとすれば、久保田氏の発句は東京の生んだ「歎かひ」の発句であるかも知れない。(中略)

――ペンを抛つのに当り、次手に発句を一つ作つて久保田氏の一笑を博することにした。

冴え返る隣の屋根や夜半の雨

昭和二年四月四日

龍之介はこの序を書いた三ヶ月後の七月二十四日自殺した。三十五歳であった。

芥川龍之介佛大暑かな　(昭三年)

田端・自笑軒にて

河童忌のいつもの鮎の皿をまへ　（昭十四年）

河童忌や河童のかづく秋の草　（昭二十一年）

河童忌のてつせん白く咲けるかな　（昭三十四年）

万太郎が芥川を偲んだ句の一部である。

自笑軒というのは芥川の家のすぐ近くの茶料理屋で、芥川の家に集まる人たちがしばしば集会したので知られている。芥川没後、ここで河童忌を修した。

自笑軒の名はいかにも芥川の文学に通う。この自笑軒も芥川の旧居もともに、空襲で焼失していまは無い。自笑軒はいまの表示では田端一丁目一八。鼻曲り坂から与楽寺前を過ぎて少し行き左に折れた細い道の右側であった。この道を抜けると切通しの広い道になり、田端駅の、こんどは表口につづいている。

（俳誌「握手」一九八一年二月号）

久保田万太郎の追悼句

久保田万太郎は昭和二十年（一九四五）、五十六歳のとき、あいついで両親を喪っている。

父勘五郎（八十四歳）が六月、母ふさ（七十七歳）は八月、それぞれ病死している。そこで万太郎の句作を調べてみると、父母追悼の句が無いばかりでなく、生前の父母を詠った句も見当たらない。これは異例なことである。母親は終戦の日に死んでいる。

終戦

何もかもあつけらかんと西日中

八月二十日、燈火管制解除

涼しき灯すゞしけれども哀しき灯

いずれも巧い句だが、死を悼んだ句ではない。「あつけらかん」「哀しき灯」ともに、個人追悼の句とは思われない。前書でわかる。

慶弔句の名手として知られており、事実多くの名吟を記録している万太郎のこととして納得できない。
俳人たちは喜びにつけ哀しみにつけ句をつくる。まして父母や肉親の死を悼んだ句をつくっていない俳人は殆んど無いといってよかろう。

芥川龍之介佛大暑かな

昭和十二年十月、友田恭助戦死の報に接す

死ぬものも生きのこるものも秋の風

河合武雄逝く

陽炎やおもかげにたつ人ひとり

（昭和十四年）九月十日、鏡花先生告別式　朝來驟雨しば〳〵いたる

萩にふり芒にそゝぐ雨とこそ

菊池寛、逝く。……告別式にて。

花にまだ間のある雨に濡れにけり

一月二十七日、松本幸四郎、逝く

人徳《にんとく》の冬あたゝかき佛かな

六世尾上菊五郎の訃、到る

咲き反りし百合の嘆きとなりにけり

追悼句は祝吟に負けず劣らず多く、どれも味わいが深い。日常吟の「歎かい」性を超え

た幅広さをもっている。

その万太郎が父母の生前はもとより、死に対して一句も詠んでいないのは何故か。句もつくれぬほどの哀しみゆえか。そうは思われない。

万太郎は文壇・劇壇さらには政界・財界に多くの友人知己を持ち顔が広く、文壇・劇壇のボスと陰口されていたほどだ。しかし慶弔句を、つぶさに調べてみると限られた特に親しい間柄の範囲に限られている。俳優全部の死に悼句を捧げているのではない。文学者も一部といってよい。「好き嫌い」のあからさまだった万太郎の性格があらわれている。儀礼や義理だけで慶弔句を詠んでいたのではないということがわかる。情誼の深さゆえの、おのずからなる感動衝動が生んだ慶弔句といえよう。それゆえにこその秀句なのだ。

万太郎の親は浅草で四代目の袋物製造業で万太郎を後継ぎと決めていたのに、万太郎は親の意に反して文学を志望してしまった。慶応義塾への通学も親の目をかすめて通ったという。万太郎を庇護したのは芝居好きの祖母であった。親にしてみれば裏切った息子であり、万太郎からすれば冷たい親である。

万太郎は祖母の千代や、妹のうち二人については断片的に随筆などに書いているが、父母や他の弟妹については全く記述していない。

家業を放擲し家を出た、いわば勘当に近い間柄だったゆえであろう。

逆にいえば真に文学を志すほどのものは、親兄弟を棄てるくらいの覚悟が無ければ、大成は覚束ない。万太郎にしてみれば、若くして家業を棄て、家を出た間柄の父母に対して、いかにもわざとらしい悼句は詠めなかったに違いない。軽々しい慶弔句は万太郎の芸術に対する潔癖性が許さなかったのだ。家庭的という面では万太郎は孤独な人物であった。文学・演劇・名誉にかかわる場合のみ孤独を脱した。

生涯孤独は万太郎の俳句に一貫して底流となっている。それゆえに情誼深く付き合った相手に対しては心を開いたのだ。孤独者の生理であり悲しさである。

昔、男、しぐれ聞き〳〵老いにけり
麥の秋しら〴〵と夜のあくるなり
あきかぜをいとひて閉めし障子かな
殘菊のいのちのうきめつらきかな
人いとし梅雨の衿もとかきあはせ
わが老いの業《ごふ》はねむれずあけやすき
燈籠のよるべなき身のながれけり
煮大根を煮かへす孤獨地獄なれ
鮟鱇もわが身の業も煮ゆるかな
世に生くるかぎりの苦ぞも蝶生る

文化勲章を受章し、芸術院会員という最高の栄誉を担う万太郎のこれらの句は何んたることか。万太郎がしばしば使った「うらはら」そのものである。しかしこの境涯は劇作ではなく、赤裸々の万太郎の叫びであり嘆き、ときにはボヤキそのものだったのである。万太郎俳句は、どの句においても、そこはかとなき嘆かいが流れているといってよい。おのれ自身の慶弔を繰返して詠いつづけたといっても過言ではなかろう。

昭和十年十一月十六日、妻死去

來る花も來る花も菊のみぞれつゝ

万太郎四十六歳のとき、独り子耕一を残して妻の京が服毒死した。妻の京は浅草の芸者だったが俳人大場白水郎の義妹として十九歳のとき、三十歳の万太郎に嫁いだ。以来、人気作家としての万太郎の行状に悩まされつづけた末の服毒とも言われた。万太郎の句の「来る花も来る花も」のリズムの背後には、省みなかった妻に対する悔恨の泣きじゃくりが波打っている。追悼を超えた痛恨句である。

三月十日の空襲の夜、この世を去りたるおあいさんの
ありし日のおもかげをしのぶ

花曇かるく一ぜん食べにけり

この句の西村あいは、吉原芸者のいく代という人で、昭和二十年の東京大空襲の犠牲となった。行年五十二歳。万太郎が新進作家として名を成した二十五歳頃からの間柄だっただけに「ありし日のおもかげ」は濃い。

わが胸にすむ人ひとり冬の梅

いまは亡き人とふたりや冬籠

三月十日

さくらもち供へたる手を合せけり

万太郎の追懐の句で、第一句には「ひそかにしるす」と前書がある。安藤鶴夫の小説「恋のひと」は、いく代がモデルである。

二月二十日、耕一、死去

春の雪待てど格子のあかずけり

昭和三十二年、万太郎六十八歳。三十五歳の耕一が肺結核で死んだ。ともに過ごした時も少なく、逢っても互に寡黙がちの親子であった。死後、万太郎は「心残りの記」を執筆し、老いて子に先立たれた心の傷みを綴っている。

耕一、百ケ日
尋《と》めゆけどゆけどせんなし五月闇

耕一、三回忌
何おもふ梅のしろさになにおもふ

耕一が応召中も万太郎は面会に行かなかった。芝居の演出ならともかく、現実でわれとわが歎きの姿を見たくないという万太郎のかたくなな〝冷淡〟であったのだ。五月闇に佇む万太郎の孤影悄然たる姿が目に浮かぶ。

一子の死をめぐりて
たましひの抜けしとはこれ、寒さかな
なまじよき日當りえたる寒さかな
死んでゆくものうらやまし冬ごもり

昭和三十七年、万太郎七十三歳の十二月、晩年をともに過ごした愛人三隅一子《かずこ》の突然の死に遭ったときの句である。同時発表十句の中から抜いた。なまじよき日当たりを得た安息の矢先であっただけに、痛手は大きかった。万太郎は魂のよりどころを一挙に失い、孤独と焦燥の明け暮れとなった。

一子《かずこ》追悼十句は万太郎にしては珍らしく推敲を重ねず「春燈」に載せた。それだけに気取のない真率な句となっている。この十句につづいて次の句を得ている。

湯豆腐やいのちのはてのうすあかり

万太郎は一子の死を追うように半年後の昭和三十八年五月六日、不慮の死を遂げた。

一輪の牡丹の秘めし信《まこと》かな

牡丹はや散りてあとかたなかりけり

万太郎の句帖の最後の頁の句である。

一日一日が生まれて死ぬ繰返しであるならば、一句一句が喜びであり悼句だといえよう。生きている信《まこと》は、死んで「あとかたなかりけり」こそ人生であり俳句である。

（俳誌「青樹」一九八四年七月号）

第Ⅳ章　こでまりの花　〈回想篇〉

万太郎俳句の地図

――哀しきおひめおもふかな――

ＪＲ日暮里駅西口に降りる。古めかしいたたずまいの小さな駅舎である。坂の中途に出口が向いている。上野の山へつづく台地の東側の中腹というわけで、この坂を御殿坂または乞食坂と呼んでいる。

もとは、ＪＲの線路のある辺りまで流れていた坂が、駅が出来たとき中途から切られてしまったということになる。

乞食坂という名は、日暮里のほか牛込、四ッ谷、雑司ケ谷にもあるが、いずれも寺の多い場所で、かつては供養のための施《ほどこ》しものにありつけるため乞食たちが群れていたので名付けられたのである。

駅を出て乞食坂を上るとすぐ右側に本行寺がある。別名「月見寺」という。

この寺から東側を見渡す眺めは広大で、その名のごとく月見には恰好の場所である。一七〇九年（宝永六年）創建だという。徳川綱吉が死んだ年で、俳句のほうでいうと、その二年前に宝井其角（四十七歳）、服部嵐雪（五十四歳）が同じ年に没している。その頃からこの台地一帯は江戸の郊外として発達して来たのである。

　本行寺を右に見て五十メートルほど行くと、同じ並びに経王寺がある。ここは大黒天で知られており、明治維新の前夜、幕府軍が立てこもり官軍と戦ったところで、いまも山門には弾痕が残っている。

　経王寺の角を右に曲がる。台地の頂上に当たる道を北にとるわけだが、この道には桜の木が多く花見にはいい道だ。右側には次々と寺院が続く。運慶作の毘沙門天のある啓運寺、西山宗因の碑のある養福寺、さらに明治十三年開校の日暮里小学校跡を経て浄光寺につづく。浄光寺は別名「雪見寺」と呼ばれ江戸六地蔵の一つとなっている。

　雪見寺門前一帯は広場になっていて、春は桜、秋は公孫樹の黄葉が素晴しい。この広場はその突き当たりにある諏訪神社の境内なのである。ここから東側の眺望も見事で、晴れた日には筑波山が望まれる。

　諏訪神社の右側を崖沿いに下る坂を地蔵坂と呼ぶ。地番で言うと荒川区西日暮里三丁目諏訪神社裏から、西日暮里五丁目に下る位置で、JR西日暮里駅につづく。

　久保田万太郎が、日暮里諏訪神社前、雪見寺向側に住んだのは大正十五年（一九二六）六月から、昭和九年六月港区三田四国町へ引越すまでの八年間、万太郎三十七歳から四十五歳の時代に当たる。

　万太郎はここで名作「大寺学校」「十三夜」の戯曲をはじめ、小説「春泥」「月あかり」

「町中」など多くの作品を成し遂げた。

俳句では処女句集『道芝』（昭和二年）第二句集『も、ちどり』（昭和九年）をまとめている。万太郎俳句から、ここに住んだ頃のたたずまいをたどってみよう。

大正十五年六月、日暮里諏訪神社まへにうつる。

この家、崖の上にて、庭広く見晴しきはめてよし。二句

峰つくる雲もなごりや秋の暮
みえそめし灯影いくつや秋の暮

八月二十六日は諏訪神社の祭礼なり
まつりのあとのさびしさは

かまくらをいまうちこむや秋の蝉
新涼の身にそふ灯影ありにけり
鶏頭に秋の日のいろきまりけり
吉原の菊のうはさも夜寒かな
きさらぎのめんくらひ凧あげにけり
きぬかつぎむきつ、春のうれひかな
月の雨一トきは強くなりにけり

しらぎくの夕影ふくみそめしかな

わが恋よ

寒き灯のすでにゆくてにともりたる

双六の賽に雪の氣かよひけり

諏訪神社前時代の知られている句である。「かまくら」は里神楽の囃子の曲名であり、「わが恋よ」の句は昭和九年作で、妻の京が自殺する前年、一女を生んでいる黒木はるとの繋りを詠ったものと推定される。

万太郎は日記を書いていないが、彼自身「日々のこころおぼえ」あるいは「心境小説の素《もと》に外ならない」と言っているように、俳句が日記がわりだったのである。

昭和二年、万太郎に大きな刺激をあたえた芥川龍之介が自殺し、翌三年には水原秋櫻子が連作俳句「筑波山縁起」を発表し、やがて新興俳句が興隆期を迎える。昭和九年には万太郎とは関係の深かった長谷川春草、増田龍雨が相ついで没する。

こうした俳壇の動きに対し万太郎は、無関心ではなかったろうが、自作では、ただひとすじに「心おぼえ」の私俳句を詠い重ねていた。処女句集『道芝』の自跋で宣言したように「即興的な抒情詩、家常生活に根ざした抒情的な即興詩」を実践しつづけたのである。

──いまのわたしのうちはむかしの「花見寺」の上に位してゐる。庭に出ると、崖の下に容易にそこをみ下すことが出来るのである。(中略)一ト足外に出ると諏訪神社である。つねに、だから、わたしのうちの玄関の戸はその境内の木立の暗い影におされてゐる。……といふことは、春になると、その木立の、欅だの、銀杏だののなかにまじった桜の梢がしづかな彩をみせる。…と同時に、そこから半町とははなれない小学校の塀の中にならんだ古い大きな桜も、養福寺の門のまへの、それもまた古い大きな一ト もとの桜も、そのまたさきの毘沙門さまの寺内の桜も、おの〳〵その犇と瑞々しく咲きみちた枝々を狭い往来のうへにさしのべはじめるのである。──たま〳〵その花の下を通って日暮里の停車場にいそぐとき、ときにわたしは、さうした場合におかれたわたしをわたし自身うたがひさへするのである。(以下略)

万太郎の文章「春老ゆ」(昭和四年)から引用した。ここで注目する点は万太郎が桜好きであったということ以上に、「わたしをわたし自身うたがひさへする」という心境証言である。

言葉を変えれば漂泊の心といってよい。万太郎の小説や戯曲は殆んどその舞台を東京下町においているが、それは手近な方便であって、彼が主張しているのは、生をうたがいさえする、人の情愛の葛藤の哀れ──ぬきさしならぬ悲しみとよろこび──に救いを求めようとしていたのである。場所は大阪でも巴里でもよかったのだ。人の世の市井哀歓を執拗に追求しつづけたのである。

そうした万太郎であってみれば俳句のうえでも、その初期の慶応在学中、岡本松浜や松根東洋城の「巧緻をつくした人事句についてまなぶところが多かった」というのも、うなずけるわけだ。

あげきりし汐の情《こころ》や日のさかり
うきくさの水際はなる丶ひるねかな
苦の裟婆の蟲なきみちてゐたりけり
あきかぜのふきぬけゆくや人の中
煮凝に哀しき債《おひめ》おもふかな

これらの句に「わたしをわたし自身うたがう」心の漂泊を見ることは容易であろう。「うきくさの水際はなる丶」微妙な心の陰翳に人間の「哀しき債」があるのである。

万太郎は昭和九年六月、日暮里諏訪神社前から三田四国町に転居する。その翌年、妻の京の自殺に遇う。「來る花も來る花も菊のみぞれつ丶」が万太郎の悼句だが、以後、万太郎にとって「来る花も来る花も」彼にとって人生の「歎かひ」を深めてゆくのである。

諏訪神社は元久二年（一二〇五）の造立というから相当な由緒だ。神社の裏手は公園になっており、さらに切通しを隔てた北側は太田道灌の居城のあった道灌山である。江戸時代は薬草の豊富な地として知られ、また虫聴きの名所とされていた。現在もその片鱗が偲ばれる。

諏訪神社に向かって左側（西側）は谷を隔てて本郷の台地が望まれる。その崖の坂を下りてゆくと坂下の角が修性院で谷中七福神巡りの布袋が祀ってある。その隣りの寺が、万太郎の文章にも出て来た「花見寺」の青雲寺である。ここは七福神の恵比寿さまが祀られ境内には滝沢馬琴の筆塚と硯塚がある。

花見寺で、日暮里駅西口前の本行寺（月見寺）、諏訪神社横の浄光寺（雪見寺）と「月・雪・花」の三拍子揃ったことになる。

花見寺の門前を出て右（北）にゆくと広い道に突き当たり正面が道灌山下の開成学園で、右側へ切通し道をゆくと西日暮里駅に出る。

花見寺を出て左（南）への道をとると、少年飛行兵の慰霊碑のある法光寺を経て十字路に出る。この十字路を左側、即ち東へ上る坂が七面坂で、これを上り切ると経王寺で、再び出発点の日暮里駅西口に戻ることになる。七面坂というのはこの坂の北側の延命院に七面社があるからだ。延命院は寛政時代に日道（当）という破戒僧の色欲両道の乱行で有名になった寺である。

（俳誌「林」一九八一年六月号）

久保田万太郎の食べもの俳句

——わたくしのきらひな食物は、うに、からすみ、このわた、しほから。その他酒のみのよろこぶもの一切。（「苦楽」昭和二十四年四月号）

久保田万太郎がみずから述べたアンケートである。日本酒の好きだった万太郎として意外な嗜好である。

これについて、万太郎がよく飲みに行った銀座「はち巻岡田」の女主人岡田こうさんは次のように証言している。

——召し上りものは、お酒のおさかなのうに塩辛などはぜんぜんだめ、いり玉子とかあんかけ豆腐、なすの辛子醬油など、とてもおすきで、味は甘からいものがおすきでした。また貝類はよくめし上り、柱、平貝のわさび、青柳のつけやきなどがおすきでした。お酒は熱かんがおすきで、おかんのつくのが間に合わぬくらいでした。

（『久保田万太郎回想』より　昭和三十九年　中央公論社刊）

酒席における万太郎が躍如としてくる文章だ。献酬の杯がたちどころに戻ってくるピッチの速さには蹤いてゆけぬほどだった。しかし食べものは、その飲みっぷりとはうらはらで、「甘からいもの」好きだったのである。

われら性得は下戸なりかし

焼松茸といんげん豆のきんとんと　（昭十年）

そういえば、万太郎七十三歳の生涯そのものも、甘辛く、ほろ苦い人生だったといえよう。

玉子焼それも厚焼花ぐもり　（昭三十五年）

もち古りし夫婦の箸や冷奴　（昭二年）

春の夜やたまたまからき辛子漬　（昭十五年）

ばか、はしら、かき、はまぐりや春の雪　（昭二十七年）

煮凝に哀しき債《おひめ》おもふかな　（昭五年）

花冷えのみつばのかくしわさびかな　（昭三十八年）

鮟鱇もわが身の業も煮ゆるかな　〃

万太郎の食べものの句は、これらに見られるように、季語の斡旋が絶妙なのが特徴である。厚焼の玉子焼と花ぐもり、「ばか、はしら……」と春の雪。いずれも見事というほかはない。「ばか貝」は東京あたりでは「青柳」とも呼ぶ。いつも殻をあけ赤い口（足）を出しっぱなしのところからバカと名付けられた。さっと茹で上げたわさびの二杯酢などおいしい。

「はしら」は貝柱のことだが、春雪の頃なら平貝《たいら》であろう。刺身はその特有の甘味とわさびの辛さが混り合ってうまい。かき揚にもよく使われる。それはともかく、この句は「ハ音」の頭韻を重ねたリズムがことに歯切れがよい。

「煮凝」は鮫、鰈、鮟鱇などの煮汁のものが珍重されるが、これまた甘辛ものの代表的なオツな食べものだ。

鮟鱇は東京では神田の「いせ源」など有名で、冬の代表的味覚だ。吊し切りは遊女高尾が吊し斬りされた故事とともに川柳の好材料にされた。鍋は野菜や豆腐などとともに炊く。「鮟鱇の七つ道具」といってトモ（肝臓）、ヌノ（卵巣）、水袋（胃）、エラ、皮、肉、ヒレすべて特徴のある味をもっている。「身を棄ててこそ浮ぶ瀬もある」鮟鱇の業かもしれぬ。

いま泣きし泪の味や蜆汁　（昭十一年）

三月十日

さくらもち供へたる手を合せけり　（昭二十四年）

パンにバタたっぷりつけて春惜む　（昭十七年）

ごまよごし時雨る、箸になじみけり　〃

人情のほろびしおでん煮えにけり　（昭二十一年）

牡蠣舟にもちこむわかればなしかな　（昭二十八年）

煮大根を煮かへす孤獨地獄なれ　（昭三十四年）

こうしてみると、万太郎の食べもの俳句は単なる題材としてのみの食べものでないことがわかるであろう。作者のそのときどきの生活に「なじみ」、いわば「かくしわさび」のそれのように、ときに淡く、ときには濃く生きるいのちの影を揺曳しているのである。このことは食べもの俳句以外にも同じだといえる。ことに晩年に至るにしたがい影は深く刻まれてゆく。

湯豆腐やいのちのはてのうすあかり　（昭三十八年）

万太郎の不慮の死の三ヶ月ほど前につくられた句で、いまや絶筆の句のように思われている。余計な句解をするより万太郎の同じ頃の作である次の小唄を参照するほうが確かだ。

〽身の冬の
とゞのつまりは／湯豆腐の
あはれ火かげん　うきかげん
月はかくれて／雨となり
雨また雪となりしかな
しよせん　この世は　ひとりなり
泣くもわらふも
泣くもわらふもひとりなり

この作詩は辻嘉一氏の著『現代豆腐百珍』に「序にかへて」として寄せられている。風雪の人生を生きて来た万太郎が、文化勲章受章者という栄誉の反面、妻子を喪い、さらに晩年ようやく得たしばしの安息も、愛人に先立たれたあとの「しよせんこの世はひとり」の泣き笑い一枚の歎きの述懐である。一喜一憂、人生風雪のはての「うすあかり」は、無風に透きとおった「いのちの火」の認識だといえよう。豆腐の句から主なものを拾う。

味すぐるなまり豆腐や秋の風　（大十二年）
生豆腐いのちの冬をおもへとや　（昭二十四年）
湯豆腐や持藥の酒の一二杯　（昭二十七年）

湯豆腐やゝまたあく雪の腰障子　（昭二十八年）

手にのせて豆腐きるなり今日の月　（昭三十年）

豆腐と同様、万太郎の食べもの俳句で目立つものは蕎麦である。主な作を抄出しよう。

春麻布永坂布屋太兵衛かな　（昭九〜十一年）

らんぎりのうてる間まつや若楓　（昭二〜七年）

永坂の更科のはや夏ぶとん　（昭十三〜十七年）

蓮玉庵主人に示す

蓮枯れたりかくててんぷら蕎麥の味　（昭三十年）

ゆく年や蕎麥にかけたる海苔の艶《つや》　（昭二十一）

永坂は享保の頃以前は長坂と書いていた。赤坂とともに全国に多い坂の名だが東京では麻布だけにこの名がある。六本木の丘から南へ向かう長い坂で、この坂の下に「更科《さらしな》」という蕎麦屋があり、代々布屋太兵衛を名乗っている。「らんぎり」は乱切で蕎麦切のことである。

蓮玉庵は上野池の端にある江戸時代以来の店である。即ち不忍池の「蓮枯れたり」の実景を重ね合わせての諷詠である。

──先生とわたくしとはよく漂然と湯島の家を出る。先生の足は自然と広小路の方に向かう。蓮玉庵の暖簾をくぐる。そして先生はもり、わたくしはてんぷら蕎麦を註文する。（中略）その店の永日庵という名も先生がつけたものだが、その永日庵の若主人をことのほか贔屓の先生は、何かというとそこから蕎麦をとるのがならいだった。そんなときでも先生はいつももりそばだけを食べていた。わたくしはわたくしで天ぷらそばを食べた。──

──百ヵ日が過ぎると、もうわたくしは、福吉町の家に出かける用もなくなってしまった。先生と一しょに蕎麦を食べる機会も金輪際ないわけである。

ときに所用があって、池の端のあたりへ出るとわたくしは必ず蓮玉庵に寄る。ときに序であって赤坂のあたりを通るとわたくしは必ず永日庵に寄る。そして、かつて蕎麦の好きだった先生をしのびながら、一人ぼそぼそと蕎麦を食べるのである。──

（『市井暦日』昭和四十六年　東京美術刊）

この文章の「先生」は久保田万太郎、「わたくし」は安住敦である。万太郎の蕎麦好きが、入谷田圃の直侍流だった消息を伝えていると同時に、この師弟の交情のあたたかさが切実に伝わってくる。ことにしめくくりの「……先生をしのびながら、一人ぼそぼそと蕎麦を食べるのである」の一節には胸を打たれる。

万太郎の最後の食べものの句は、死の数日前につくったと思われる次の句である。

遮莫焦げすぎし目刺かな

「遮莫」は「さもあらばあれ」。

東京浅草の袋物職人の子として育った万太郎にとって目刺は懐かしい食べものであっただろう。しかし劇壇文壇に重きをなした彼にとって、一介の市井人としての晩年は、あるいは「焦げすぎ」の人生であったともいえよう。

昭和三十八年五月六日夕刻、万太郎は梅原龍三郎画伯邸での美食会の席上、大好きであった赤貝を誤嚥して窒息、不慮の死を遂げた。

（総合誌「俳句とエッセイ」一九八一年六月号）

久保田万太郎と信濃

久保田万太郎は、その生涯に長野県を二度訪れている。年譜によると、昭和十五年（一九四〇）十一月、小諸に島崎藤村の旧跡を訪ね、諏訪に廻っている。五十一歳のときである。二回目は、昭和三十五年（一九六〇）四月、上諏訪、高遠、伊那とを巡った。七十一歳で、この三年後に急逝した。

万太郎は自分の句を――わたくしの「心境小説の素《もと》に外ならない」と言い、また「日々のこころおぼえ」と言っている。

たしかに句集を見ると「こころおぼえ」的前書が多い。ところが一回目の昭和十五年の句を見ても「小諸」「諏訪」いずれの前書も見当たらない。ただ十五年の末に次の句が見出される。

狐火のでることうそでなかりけり

　　狐火もみえ月もで、ゐたりけり
　　狐火をみて東京にかへりけり

前書が無いが、おそらくこの狐火三句は、諏訪での作ではないかと推定される。人形浄瑠璃の「本朝廿四孝」狐火の段に触発されて得た即興の句ではあるまいか。

　それにしても、万太郎がかねて敬愛していた島崎藤村の旧跡を訪ねた小諸の句が無いのはどうしてだろう。

　その理由は、万太郎の文章「小諸」（昭和十六年一月　都新聞所載）を読めば氷解する。万太郎が小諸に着いたその日は、文章を見ると「おそらく一ッ気にふつたのであらうあとの、疲れた、力のぬけた粉雪のみれんたらしくちらつく中……」だったのである。同じ文章の中で「あなた、きらひですか、雪？……」と聞かれて「大嫌ひです、鬱陶しくつて……」と万太郎は答えている。うっとうしくて作句のゆとりが無かったに違いない。

　万太郎の雪の句に次の一句がある。

　　〽人をうらめば、ひともまた、われをうらみて、しどもなや、
　　　月かげの、きえてあとなし、ゆめぞとも、いつふりいで、、

闇の戸に、いつつもりたる雪の嵩

しらぬまにつもりし雪のふかさかな

昭和三十一年(六十七歳)の作である。前書の小唄の艶にくらべて、句のほうには心境の陰翳が濃くにじみ出ている。

昭和三十五年、再度の訪問は快調だったようだ。季節も万太郎の好きだった春四月である。その折の句を見よう。

四月十六日正午、新宿発、上諏訪に向ふ。
甲府をすぎてよりの車中にて

山國のしきりに咲ける櫻かな

上諏訪〝布半〟旅館に一泊

ゆく春や雀かくれし樋の中

高遠に向ふ

ゆく春や杖突峠なほ上り

高遠にて　三句

高遠の繪島の寺の櫻かな

蓮華寺の花の石段み上げけり
春陰や三萬五千石最中《もなか》
伊那にて　二句
雪の嶺のまだゆるぎなき櫻かな
錢とりて花みるむしろ貸しにけり
十七日、夜に入りて新宿に着く
花の旅新宿の灯に了りけり

一泊二日足らずの忙しい旅である。その割には句作も調子が乗っている。第一句「しきりに」が何よりもそれを示す。最終句「……新宿の灯に了り」は旅の満足と、市井人万太郎が都会の灯に寄せた安堵感が感じられる。

しかし、この九句のなかでは「ゆく春や雀かくれし樋の中」が最もすぐれているのではなかろうか。俳諧の妙味をもっている。「……かくれし樋の中」に「ほそみ」があると評しては過褒であろうか。

「雪の嶺のまだゆるぎなき櫻かな」は、景の押えの確固とした句だ。「ゆるぎなき」には、景のみでなく信濃人の人柄を感じさせられる。万太郎らしい措辞の巧みさである。

万太郎の句には、もう一つ旅行吟ではないが信濃にかかわりのある次の句がある。

貧すれば鈍の一茶の忌なりけり

昭和二十六年（六十二歳）の作である。

「貧すれば鈍の」は一茶のことであると同時に、万太郎自身の心境小説の素を言っているのだ。「（俳句は）〝影〟あってこその〝形〟」と言った万太郎の〝影〟なのである。

（俳誌「火耀」一九八二年一月号）

久保田万太郎の星の句

星みれば星うつくしき夜寒かな

久保田万太郎五十五歳、昭和十九年の作である。昭和十九年といえば戦争の泥沼のなかで、暗い日々を過ごした時代だ。現実にも燈火管制下で光の乏しい生活に明け暮れた。人々は、寒く暗い夜空にしみじみと星の光の美しさを身に沁みて味わった。この翌年、戦争が終わったあと、人々には天の星のきらめきと地の荒廃のみが残された。万太郎俳句は天文や時候の季題に、おのれの心情を衝合させた句がきわめて多く、この句もその例に洩れるものではない。万太郎はその場合、例えば「夜寒星」だの「梅雨の星」などという季題便乗の方法はとらない。何故なら「星みれば星うつくしき」と、感動の高揚をそのままリズムに乗せて季題にブツける諷詠態度だからだ。

來る花も來る花も菊のみぞれつゝ

昭和十年、四十六歳、服毒死した妻の葬の句であるが、この句もまた感動のおもむくまリフレーンの型をとっている。十四歳の一人息子を遺して妻に先立たれたのだ。

夏に入る星よりそひてうるみけり

昭和二十三年、五十九歳の作。戦争が終わって万太郎の時代がよみがえった。前年に日本芸術院会員になり、一人息子の耕一が結婚。その前年二十一年末に万太郎も三田きみと再婚。万太郎主宰の俳誌「春燈」は同年一月に創刊され、抒情の灯を高らかに掲げた。「よりそひ」も「うるみ」も、平和で抒情豊かな思いを背後に広がらせている。それらの言葉は万太郎の心のつぶやきである。

万太郎の俳句はその小説や戯曲の寡黙さにくらべ、「つぶやき」が感じられる。そのつぶやきこそ「私俳句」の要素なのである。

愉しいときには愉しく、哀しいときには哀しく十七音の中でつぶやいているのだ。つまり小説や戯曲にあらわれていない作者の本音が俳句に沁み出ているのである。

星涼しユダヤかたぎのはなし好き

昭和二十六年、国際演劇会議でオスロへ旅立った途中、イスラエルに立寄ったときの句である。「星涼し」とは巧みな表現である。

万太郎は「俳句は即興的な抒情詩、抒情詩的な即興詩である」と説いているが、この句などまさに代表的な即興といってよかろう。

このときの旅では「白夜」を季語に取り入れたり、短歌などもつくっている。

フランスのモンマルトルの踊り場に　笛吹く男海老蔵に似る

星わかし薔薇のつぼみの一つづゝ

昭和三十三年、六十九歳の作。前年、一人息子耕一が三十五歳の若さで肺結核で死んだ。同じ年に文化勲章を受ける。万太郎にとって悲喜こもごもの年であった。薔薇の蕾に「星わかし」を冠したのは飛躍的といってよい。イメージの句である。万太郎が単に俳句の技《わざ》の人でなく、詩人であったことが証せられよう。「星わかし」にはあるいは亡き子への思いがあるともいえよう。

（俳誌「春燈」一九八四年一月号）

師弟

早いものだ。先生が亡くなられて二十三年にもなろうとは……。

先生が生前によく仰言った言葉「時の過ぐるにあらず、われら過ぎゆくなり」（レオニイド・アンドレーフ）を、しみじみと思う。

その日、朝から雨もよいの五月六日、久保田万太郎忌に、ゆかりの人々は本郷喜福寺に集まった。

そういえば二十二年前のあの日も、朝から雲ゆきが怪しく風の立つ日だった。

――花というもの……

……その年どしによって、キタイに目につくものがありますね。

と、突然に先生、

――で、ことしは何の花で？……。

――小でまりの花に風いで來りけり

つぶやくように仰言った。このつぶやきが先生の最後の句になってしまった。

その夜、市ヶ谷の梅原龍三郎画伯邸で会食のとき、不慮の死を遂げられた。昭和三十八年五月六日、七十三歳。

六年前、親一人子一人螢光りけりの一人息子に先立たれ、前の年には杖とも頼む愛人に急死され、とみに気弱くなっていた。それでも人前をはばかるテレ性の先生、のどのつかえを堪らえてしまったのだ。先生らしいと言えるけれど……。食餌誤嚥窒息死――。

二十三年といえば四半世紀に近い。誰彼の顔も見えず、読経する住職も息子の代に変っていた。焼香の終わる頃、にわかに風まじりの雨――「秋まつり雨吹ッかけて來りけり」の雨が吹ッかけて――。

暮雨、傘雨、若い頃の先生の俳号そのまま雨男だった。雨の句が多い。誰かが、こそりと言った。「オヤジ　ご機嫌ななめかナ」。

――月の雨ふるだけふると降りにけり
もう一人が応じた。雨の中を三々五々、墓前へ。顕功院殿緑窓傘雨大居士と刻まれた五輪塔。先生と同様に小柄な墓である。小さな墓を埋めるように、あまたの供華。こでまりの花の枝垂れ。

前の忌日と同じように、精進明けは先生ゆかりの、吉原は松葉屋で。
　松葉屋の女房の円髷《まげ》や酉の市
その女将さん、この忌日のために何かと心づかい。先生の好物を取揃えた献立に思いが通う。松葉屋の大広間には、これもいまは亡き宮田重雄画伯の万太郎肖像の軸が掛けてある。心のなかの淋しさとは別に賑やかなことの好きだった万太郎を偲ぶ会にふさわしく、笑い声があがる。賑やか好きといえば、東京の酉の市に匹敵する大阪の十日戎のさんざめきを申しあげたとき、膝を乗り出して聞きもらすまいとしていたっけ。すぐあとの袋回しで、すかさず
　酔ふほどに十日戎のはなしなど
と詠まれた。いや、詠んだはいけない。万太郎流に言うなら「浮んだ」のである。あとでこの句は
　酔へば爐に十日戎のはなしなど
と、「炉に」を加えて推敲なさっていた。
てんでんに万太郎を偲ぶ話に花が咲いていた。折柄、この日の世話人で劇作家のAさんが舞台に上って、次のような口上をのべた。
――ただいまから、本邦初公開。万太郎先生の唱歌のテープを流します。いつ、どこで

かわからないのですが、亡くなった某氏がテープに録音して、廻り廻って私の手に入りました。珍品です…。

一同、声を納めて、しーんとなる。二ㇳ言三言録音されているが、よく聞きとれない、やがてはじまったのは、かなり酔いの廻った、まぎれもなく先生の声――。

　青葉茂れる桜井の　里のわたりの夕まぐれ
　木の下蔭に駒とめて　世の行末をつくづくと
　忍ぶ鎧の袖の上に　散は涙かはた露か

ときに高音、ときに沈吟、ゆっくりと歌いながら泣いているように聞こえる。横に誰かがいるらしく章節の間に声が入るが、しかと聞きとれない。落合直文作詞、奥山朝恭作曲のこの唱歌は戦前に育った人たちなら皆知っている。少年時代、「旗露」と勘違いしていたのを思い出す。「はた（また）露か」である。

　共に見送り見返りて　別れを惜む折からに
　またも降り来る五月雨の　空に聞こゆる時鳥
　誰か哀れと聞かざらん　あわれ血に泣くその声を

泣くごとく、叫ぶごとく、とうとう六番まで歌い切る先生。その暗記力に一同ため息。「あわれ血に泣くその声」こそ先生自身だったのかも知れない。

「傘さして……」「濡れた廓の夜の雨……」。松葉屋の門を出たときは、すっかり地降りとなっていた。仲間に別れて塀の角の辺り、柳の木の下に佇っていた傘の中から、とつぜん声をかけられた。

――せ、青水さんじゃないか……

二十五年前の俤を探すまでには、夜目には時間を要した。ということは青水のかってを知っていれば、すぐには信じられないほど、正直言って、〝尾羽打ち枯らし〟た見目すがたを、そこに見出したからだ。

――済まなかった、面目ない……

謝まられる筋合いはないものの、先生の亡くなられる、たしか一年ほど前に雲隠れしてしまったのだ。しかも一人じゃない、句仲間だった人妻を巻き添えにして逐電したんだから、全く面倒がかからなかったとは言えない。

好いた水仙、好かれた柳。ご両人はいい気なものとしても、残された青水の細君は、一ッ時は、半狂乱で仲間うちが知ってて、口を拭いているんだろうと、詰め寄られて閉口した。青水の将来に目を掛けていただけに、先生が最も心配なさっていたことは言うまでもない。半年足らずに店も暖簾が変った。

観音様と背中合せ、馬道の割烹料理「つる清」と言えば、下町の人なら思い出すだろう。青水は「つる清」の、たしか四代目に当たる。父親が俳諧好きで、いわば門前の小僧、小学の頃から指を折って十七字を並べ、K大文学部のとき、はやくも立机《りっき》して雪中庵の流れを汲む聴雪庵を襲名した。「閼伽桶の水に空浮く寒鴉」「いきなりに湧くいとしさや秋の蚊帳」なんていう句があった。あれは、青水が大陸の戦争から帰った歓迎句会のとき、「憶病の生きながらへしおでんかな」が、点を稼いだのを覚えている。

——で、そのあと？……

はじめ面倒かけた、申しわけない一点張りだったが、盃を重ねる数ほどに、青水の口はほぐれてゆき、

——流れ流れて大阪からはては、彼女の実家に近い博多まで……

——〽どこやら知られる人目をば、隠せど色香梅の花〽散りても跡の花の中、いつか故郷へ帰る雁……

バツが悪いのか、昔よく句会のあとで通ったこの龍泉寺の小料理屋で心和んだのか、答えにくさを「落人」の一くさりで濁す。青水の清元は六つの六月六日育ちで、玄人はだしだった。

——先生の亡くなられたのは広島で知ったが、とても馳けつける身の上じゃなかった。智月尼の衣の陰に隠れて師の墓にぬかずく路通の気持ちだった。

——どこにいても、先生や皆の俳句は蔭ながら読んでいた。でも、自分はどうしても十七字を並べることは出来なかった。東の空を見て、何度ため息をついたことか。「ふるさとへ廻る六部は気の弱り」、先生がよく仰言っていた川柳だ。そのたんび、心とはうらはらに足は西へ向かった。……

——それで、あの人は……

こちらも酔に乗って言いにくいことを訊く

——それが………

——なにかあったのか、彼女と……

——それが、死んじまったんだ……誰にも彼にも悪いことをしてしまって……俺という奴は……

青水と一緒になってから、もともと丈夫とはいえなかった彼女は、病みがちだったという。半年ほど入院した末、この二月に果敢なくなった。十五になる一人息子を残して——。

十日ほど前に佐世保の海のよく見える——ふるさとの海の見える墓に埋葬して、子供と二人で上京したのだ。

——きょうは、それで……

——まっ先に喜福寺に行って、お詫び…… をして、そのあと吉原へ——誰かに逢えると思って……

だんだん滅入ってくる話の舵を変えたいと思った。生きて会えた再会を祝おう。

——オハコの三社祭を、一丁。久し振りで聴かせてもらえないか……

——う、うん……やる、やるぞ……

うれしさと、悲しさと二十五年、かなりもう酔っていた。俯向いていた顔を上げると歌い出した。しかしそれは三社祭ではなかった。

青葉茂れる桜井の　里のわたりの夕まぐれ
木の下蔭に駒とめて　世の行く末をつくづくと
……………
正成涙を打ち払い　我子正行呼び寄せて
父は兵庫に赴かん　彼方の浦にて討死せん
いましはここ迄来つれども　とくとく帰れ故郷へ

ときに高吟、ときに沈吟、泣いているのか叫んでいるのか、じんわりと肚の底から絞り出すような歌いかただった。六番まで歌いつくした青水は、ぐったりとなって、卓に顔を伏せたままである。眼に涙が光る。長い沈黙がつづいた。

突然、庭のほうで水の落ちる気配。障子の硝子越しに覗くと、こでまりの花の枝が大きく、うなずきかえしていた。

青水は顔を上げて、ゆっくりとつぶやいた。

なにがうそでなにがほんとの寒さかな

先生の句であった。

(俳誌「南風」一九八五年十月号)

なにがうそでなにがほんとの

私は久保田万太郎が昭和二十一年一月から主宰した俳誌「春燈」の三代目主宰者である。

「売家と唐様《からよう》で書く三代目」と古川柳があるが、まだ「売家」と貼札せずに済んでいる。それどころか五十年の積み重ねと俳句ブームのお蔭で俳壇屈指の結社となっている。生前「俳句は余技」とテレて言っていた万太郎も苦笑しているに違いない。

万太郎より三回り年下で同じ丑年の私は創刊号を自転車に積んで書店を回った。アルバイト学生の嚆矢だ。巻頭言は万太郎が書き、「夕靄の中にうかぶ春の灯は、われわれにしばしの安息をあたへてくれるだらう」と結んでいるが、諸事コンピュータ化したクールな現在にこそ、この言葉が生きて一句の安息を人々にあたえている。

湯豆腐やいのちのはてのうすあかり

万太郎の辞世と勘違いされて知られた句だが、死の半年前、同棲中の愛人三隅一子《かずこ》に先立たれたあとの作である。春の灯の安息感にくらべて「いのちのはてのうすあかり」は一縷で心細い。湯豆腐の季題が万太郎らしく、それが親近感をさそう。

春の灯のまた、き合ひてつきしかな

万太郎の突然の死の五月六日よりひと月ほど前の句だが傷心は立ち直ってきている。「つきしかな」のように動詞に「かな」の切字をつける「吹流しのかな」は万太郎のお家芸で、名詞に「かな」をつける普通の用法にくらべるとあっさりして軽快である。

万太郎六十歳の時の小説「市井人」は東京下町の俳人たちのゆくたてを綴ったものだが、市井人はいい言葉だ。「春燈」は今も市井人の集団で文学者・演劇人そして職人が多く、その句は「またたきあつて」いる。

そのお蔭で貧乏学生だった私も寄席の高座から新劇の舞台にいたるまで勉強させてもらった。俳句のとりもつ功徳である。

酒好きだった万太郎からは酒の相手で可愛がられた。孫のような年の違いで、他の先輩のように反論せず御意見を拝聴したからであろう。返盃好きの万太郎はウィスキーや酒の銘柄を当てさせたり、自分が辞書で知った珍らしい言葉を持ち出して喜んでいた。万太郎の茶目ッ気である。万太郎は嫌いで私は好きな刺身をつまむと、

「ムラ猪口のワサビをかき混ぜちゃいけない。ひと切ずつワサビをつけて食べるほうが美

味しい」

かん高い声で教えてくれた。声といえば六十二歳でオスロへ行った帰途パリに寄った折につくった短歌をみずから朗誦した。

フランスのモンマルトルの踊り場に　笛吹く男海老蔵に似る

一葉の「たけくらべ」の暗誦と同様、見事な朗誦だった。万太郎文学の人間の哀歓は東京下町だが、下町の生活に詳しかったからで実はパリでもロンドンでも何処でもよかったのだ。モンマルトルの笛吹き男を海老蔵になぞらえたところが万太郎の弱味であり特長となった。

銀座の「はせ川」（現長谷川画廊）で会社の上司と酌み交わしていたとき、離れた席で芝居の人と飲んでいた万太郎がツカツカと来て「コレ（私のこと）の師匠の久保田です。よろしく」と言って銚子を二本置いていった。私の相手は「文化勲章の……」と口ごもって、以来大いに敬意を表された。茶目ッ気の利点だ。

万太郎は昭和三十一年、六十七歳のとき日本文芸家協会代表で中国へ出掛けた。帰国後、拙宅の近所に住んでいた文学座の宮口精二が「先生からの土産だ」と言って瑪瑙の印鑑を持ってきてくれた。一センチ角で私の姓が右横書きに彫ってあった。すでに左横書き時代だし印相で角形は悪いというので、そのまま抽出しに入れておいた。五年ほど前に思いついて使いはじめた。何んと不思議なことにそれ以来少しだが貯金が溜りはじめた。今では実印にし昇格させた。

　なにがうそでなにがほんとの寒さかな

万太郎が好んで書いた句である。

（「三田文学」一九九三年四月号　慶応義塾大学刊）

あとがき

去る五月六日、祥月命日に久保田万太郎三十三回忌を修した。劇壇・文壇その他関係筋から二百余名参集した。いまだ劣えぬ万太郎の魅力に改めて感服した。

俳句の門下の一人として、三十三回忌を期して今まで書き綴ったものを一本にまとめて捧げることにした。あくまで万太郎俳句入門の手がかり程度のものである。万太郎俳句は奥深く究め尽せない。ここから出発である。未完成の俳句の将来性に対して万太郎俳句は多くの示唆をもたらすものである。

書名を「万太郎俳句礼讃」「俳人久保田万太郎」など考えたが、「俳句は余技」「小説家・演劇従事者としての日々の心おぼえ」「心境小説の素」とへりくだって、万太郎の繰り返した言葉が聴えてきた。

そこで、あえて「久保田万太郎の俳句」とさり気ない表題とした。万太郎は「俳句は燃える抒情を〝さり気なく詠え〟」と教えた。

本書が俳句に精進する人にいささかでも役立てば身に余る光栄である。

一九九五年九月

成瀬櫻桃子

プラトン的枯野

解説

齋藤礎英

久保田万太郎は明治二十二年十一月七日、浅草田原町に久保勘というキセル煙草の葉を入れる袋物のあきんどの家に生まれる。十五、六人の職人を束ねる店だった。昭和三十八年赤貝を気管に詰まらせて、七十三歳で死んだ。酒は呑むが、酒呑みが好む類の、うに、このわた、塩辛、生もののいっさいを嫌い、ライスカレーや卵焼きを好んだ。もっとも敬愛する泉鏡花の家にはじめて請じられ、食事にマグロの刺身がでたときにさえ、箸をつけなかったという。

「すききらひを押し通すにも、油断はいのちとりのやうである。好むものではないすしの、ふだん手を出さうともしないなんとか貝なんぞと、いかにその場の行がかりとはいへ、ウソにも附合はうといふ愛嬌を見せることはなかつた。いいえ、いただきません、きらひです。それで立派に通つたものを、うかうかと……このひとにして、魔がさしたといふのだらう。ぽつくり、じつにあつけなく、わたしにとつてはただ一人の同郷浅草の先輩、久保田万太郎は地上から消えた。どうしたんです、久保田さん。久保勘さんのむすこさんの、ぶしつけながら、久保万さん。御当人のちかごろの句に、湯豆腐やいのちのはてのうすあかり。その豆腐に、これもお好みのトンカツ一丁。酒はけつかうそれでいける。もとより仕事はいける。ウニのコノワタのと小ざかしいやつの世話にはならない。元来さういふ気合のひとであつた。この気合すなはちエネルギーの使ひ方はハイカラといふものである。」（石川淳「わが万太郎」）

長岡のモダン茶店の五月かな

万太郎は慶應義塾大学在学中の二十一歳のときに、当時慶應の教授であった敬愛する永井荷風に小説「朝顔」を送り、それが「三田文学」に掲載され、漱石門下の小宮豊隆から激賞されることからはじまり、島村抱月、小山内薫などからも次々とその作品が称賛され、一躍文壇の寵児となった。のちにすでに晩年に近い大正十二年に芥川龍之介と友人になることからもわかるように、谷崎潤一郎、室生犀星、牧野信一、佐藤春夫、里見弴、小島政二郎などのそうそうたる文学者たちと同時代を生きたのだが、俳句は別として、その他の小説、戯曲、随筆などはもはやまったく読まれていないように思える。ところが、俳句にはほとんど無縁の、しかも西欧・ロシア文学で育ったのちの世代の文学者たち、小林秀雄、河上徹太郎、石川淳、吉田健一、三島由紀夫などは揃って万太郎を称賛している。「過ぎ去つたものを過ぎ去つたと認めて、これに敬意を表するのは礼儀である。それはその過ぎ去つたものが人間の生活と深い関係があつた時で、我々はそこに今はゐない人間の影を追ひ、それ故にそこに我々自身を見る。これが人情であつて、ここに久保田氏の作品が招いた又一つの誤解の原因がある。我々の肉眼に常にある涙と、母もの映画の涙の区別が付かなければ、生きて行く上での礼節である人情と、人情に脆い人情の違ひも解らないことになつて、本ものの人情に惹かれると自分が涙脆くなつたと思つたりする茶番劇も生じる。人情とはもつと厳しいものである。その人情を知るものがなくなつたものをなくなつたと見て、それが価値があるものならばその価値を認める時の眼、であるよりは、精神自体に湛へられてゐるものは肉眼が正確にその機能を続ける為の涙でしかない。」（吉田健一「久保田万太郎」）

パンにバタたつぷりつけて春惜む

第二次大戦中、小説家が五、六人で、班を組み全国の陸軍病院へ慰問に回った。芸人ではないので、人前に上がったところで、唄や踊りができるわけではない。なにか面白い話をでもするほかない。万太郎と同じ班だった小島政二郎は、なにを喋ったらいいんだ、と相談を受けた。俳句の話でもしたらどうです、でもみんな俳句なんかに興味はないだろう、ですから、俳句の作り方を、もっとも初歩的に話したら、退屈な病院生活の慰めになるんじゃないですかね。演壇に上がった万太郎は、窓の外に見える庭へ視線を促し、皆さんは仮に俳句を作るとしたら、どこをご覧になりますか、何をご覧になろうと皆さんの勝手です、石灯籠をご覧になる人もいるでしょうし、松の大木に注目される方もいるでしょう、私はいま綺麗に咲いている藤の花に目を向けることにしましょう、と言って季語の説明を簡単にした上で、初心者がさも作りそうな句を即興で作った。十七音で、「かな」という言葉もあるし、俳句らしいものになっています、でも本当の俳句にはなっておりません、と自分の作った俳句をさんざんにこき下ろした。その諧謔に聴衆はわいた。すぐさま万太郎は最初の句を改作した。いくらか本物らしいものになりました。でも、まだ俳句とは言えない。俳句「らしい」という欠陥を持っている。このらしさを消し去らなければなりません。そして再び作り直した。ここまでくると、あなた方が見ている藤の花を見ていない余所の人が読んでも、あなた方と同じように藤の花を見ている喜びを感じるでしょう。でも、それでもまだ、俳句の目的が達せられたとはまだ言えないのです。そしてさらに改作した。そして、「この藤の花を見て、あなたが感じた気持も一緒に、読む人に感じさせた方が、ヨリ本当の俳句に近くなるのです。この、最後の私の改作、改作の結果、辿《たど》り着いた俳句には、藤の花を見て私の感じた胸の思いが表現されていると思います」（小島政二郎「俳句の天才――久保田万太郎」）と締め括った。

ゆく春や日和のたゝむ水の皺

小島政二郎は、万太郎は小説を型に押し込めようとしたばっかりに、ついに、俳句のように自分の生活を奔放に取り入れることができず、小説家として大成することはできなかった、と述べている。だが果たしてその評価は当たっているだろうか。その小説を読んだらわかるように、前にあげた同時代人の誰とくらべても、難解なのである。それはひとえに、言葉の難解さにある。「久保田さんのことばは御当人みづから発明した下町系のことば、ほとんど口語体の雅言に類するものであつた。」（石川淳、同前）すでに自律した言葉があり、その上その作品にはほとんど物語らしいものはない。長い会話がはさまり、誰が話しているのかすぐにわからなくなる。小説、戯曲、演出、脚色、俳句、と様々な場面で活躍したことだけを考えると、コクトーのような人物と比較したくなる。コクトーが散文を書こうが、絵を描こうが、映画を撮ろうが、どこにもはっきりとコクトーの刻印が押されているように、万太郎の小説、戯曲、俳句には万太郎の刻印がはっきりと押されている。しかし、小説だけを見るならば、なにも背景がないなかで、つぶやきにも似た会話がひたすら続けられるかたちは、ハイ・モダニズムのヴァージニア・ウルフ、さらに言えば、ヌーヴォー・ロマンのナタリー・サロートを思わせるところさえある。なにしろ、万太郎の死後出版された『久保田万太郎回想』は国文学者であり民俗学者である池田弥三郎はともかく、コクトーやサルトルを翻訳した佐藤朔、ロブ゠グリエやナタリー・サロートを訳した白井浩司の三人によって編集されている。もちろん、万太郎と同じく、三人とも慶應出身だということが大きく作用していることは間違いないが。

波を追ふ波いそがしき二月かな

万太郎をその文学活動の初期から覆っている誤解は、滅びゆく浅草を描いた抒情詩人だという評価である。もちろん、万太郎は自分が生まれた場所に愛惜を抱いていたが、いわゆる江戸情緒にはまったくといっていいほど関心がなかった。

実際、永井荷風や木下杢太郎のように、万太郎は東京を、江戸、あるいはパリの姿に見立てようとすることはなかった。

「わたくしは東京で生れた。

が、東京でも、わたくしの生れたのは……そして育つたのは……浅草である。

といつたら、あなたはすぐに、雷門をおもひ、仲見世をおもひ、浅草公園をおもふだらう。……その浅草公園にまだ、玉乗だの、娘手踊だの、かつぽれだの、改良剣舞だの、そしてまれに活動写真だの、見世物が軒をならべてゐた時分である。十二階の下に、歯医者の松井源水が、居合抜をしたり、独楽をまはしてみせたりしてゐた時分である。池の縁の撃剣の道場が、法螺の貝をふき、太鼓を叩いて客をあつめてゐた時分である。伝法院の塀のそとに大きな溝があり、その溝にむかつて、矢場とよばれた楊弓店のうす暗く一トかたまりになつてゐた時分である。」(「Waffle」)

ここにも、我々がついアナクロニズムに落ち込む罠があって、浅草というと、エノケン、ロッパ、軽演劇、六区の立錐の余地のない活気にあふれた浅草を思い浮かべてしまうが、それは第二次世界大戦後の浅草であり、ここで描かれている浅草とは関東大震災以前の明治二十年代から、大正にかけての浅草なのであり、しかも、万太郎が生まれた浅草田原町は、金龍山浅草寺の門前町にあたり、六区へとつながる浅草公園周辺とはまるで雰囲気の違う静かな町だったという。

さらに、両親は万太郎の進学を喜ばず、袋物の店をついでくれることを願った。極端な恥ずかしがり屋である万太郎は職人たちのなかで居場所がなく、溺愛してくれる祖母とともに育った。慶應への進学を援助してくれたのも祖母だった。慶應へ進むころには巻きタバコが主流になることによってキセルの葉を入れる袋物の需要は急激に減り、店は傾き、職人を手放し、縮小して場所を移さねばならなかった（この間の経緯については、戸板康二の『久保田万太郎』を参照）。

つまり、万太郎にとって浅草はものを書き始めるころには、すでに失われ取り戻すことのできないものだった。

おもひでの町のだんだら日除かな

この、すでにあらかじめあった喪失感を万太郎は、例えば、プルーストのように、ねじ伏せていくだけの腕力はなかった。したがって、「見出された時」という特権的な瞬間が訪れることもなかった。長編をまったく書かず、短編や中編でもって万太郎が書き続けていたのは、ある種の心、心性につきる、それは古い浅草や、その風俗とはまるで関係がない。しかも、万太郎の場合、ことば＝心性だけが武器であり、その心性がある与えられた状況のなかでどう働くか、つまり、物語には結びつくことなく終わった。羞恥心や潔癖さのあらわれなのか、私小説を書くことは随筆と区別がつかないもの以外ほとんどなかったし、親しい人間をモデルにすることはあったが、もっぱらその心に注目されている以上、波乱万丈になるはずもなかった。なべて万太郎のすべての作品には静けさが行き渡っている。そこで、次のような晩年の述懐もうまれる。

「ぼくは、嘗て、ぼくの一生は〝挿話〟の連続だといつたことがあるが、これも君にはわかつてもらへると思ふ。むかしから……うそをいへばものごゝろついて以来、ぼくの身辺に起つたいろ〳〵の出来事の、一つとしてそれがぼくの一生をつらぬいてゐない……といふことが、年をとるにしたがつて、だん〳〵ぼくにはッきりして来たわけだ。そして、それが、いつそ不思議におもへて仕方がなくなつて来たのだ。……磯によせて来る波がしづかにふくれ上つては、そのまゝ寂しくくづれてしまふ。……あれだ。……いまゝでぼくのうへにほしいまゝに影をなげ、あるひはぼくをよろこばせ、あるひはぼくをかなしませ、あるひはぼくを苦しませたかず〳〵の運命の気まぐれのつばさは、つまりは、あれだ、あの波だ……」（『さもあらばあれ』）

古暦水はくらきを流れけり

小説家、史家であり、特異な思想家であった幸田露伴は、晩年、解釈のつかない字があると、障子の硝子に墨で書いて日がな考えていたというが、單はいつまでも消されないで残っていたという。だから、單が文字の一部に入っている蟬のなくころになると不愉快でしかたがない、というのが聴覚と漢字と意味とが直結する露伴の面目躍如たるところである。戦にも使われ、鈴のついたある種の旗を意味することもあり、軍団の単位にも用いられている。ひとひらのへらへらしたものを意味することもあり、メニューは菜單という。容易な字ではないのは、天子が位を譲ることを禪譲ということでもわかる。

このエピソードを伝えているのは、明治製菓の宣伝部にいた内田誠であり、第二次世界大戦前の晩年の露伴にとにかく心酔しきっており、もちろん本人の前でメモをとるような失礼なことはできず、既にやや耳が遠くなっていた露伴に聞き直すことをもままならず、細かな字の説明をしてもらうこともできない、露伴宅を辞するや急いでメモをとり、さらに自宅に戻って辞書などを引いて、書き留めたのをまとめたのが『落穂抄』という本である。

ところでこの内田誠は久保田万太郎が芸能界から実業界まで、さまざまな分野の人間を集めておこなっていた「いとう句会」の一員であり、内田誠が死んだときには「何がうそでなにがほんとの露まろぶ」と追悼の句をおくった。

内田誠の露伴に対する心酔ぶりを身近に見て伝えているのが、当時、内田の部下でのちに劇評論、推理作家としても活躍し、『久保田万太郎』を書いた戸板康二である。ちなみに、万太郎が先生という敬称をつけて話し、書いた人物は三人しかおらず、幸田露伴、泉鏡花、島崎藤村だった。幸田露伴とは数回おめにかかってお話を伺う貴重な体験を持った、と万太郎は書いている。

　読初や露伴全集はや五巻

幸田露伴の娘、幸田文がすでに小説家としての地位を確立したあと、なにかの会で万太郎と同席した、向かいの席である。会は賑やかにわいていたが、帰らなければならない用事があった。

「「あれ、幸田さんもう帰るの、もう少しいいでしょう」

と声をかけて下さったのにお辞儀をして、出口の方へ行こうと、ぐるっと体を廻して立ち上った、と大向うから声がかけられたように、

「ああいい取り合せだ、如何にも江戸の女だね。振りの赤がきれいじゃないか」人の目が〝振り〟に集まった。びっくり仰天、脱兎の如く逃げ帰って来た。

「芝居を書く方は怖いね。こんなお婆さんで取るところも無いものを着て出て行ったのに、ぎゅっと袂先おさえられたって気がした。もみを付けていたことも忘れていたの

に」」（『幸田文の箪笥の引き出し』）

この挿話を伝えているのは、幸田文の娘の青木玉である。

万太郎は幸田文について、

「いまや、ぼくは、文子さんが怖い。ゆだんしてゐたら、いつ、どんなことをいひだすかわからない人だからである。」（「雑談抄」）と書いている。幸田文の『番茶菓子』の書評での万太郎の一句。

風つよし薔薇咲くとよりほぐれそめ

澁澤龍彥がまだ、若いころ、多分、雑誌「モダン日本」で、吉行淳之介を先輩に働いていたころのことだったと思う、久生十蘭の引っ越しの手伝いに駆りだされたことがあった。一段落ついたところで、一同にお酒がふるまわれた。盃の酒を飲みほした十蘭は、芝居ではこうしないではだめだと、両手でもった盃を頭の後ろのほうまで振りかぶったという。

新しい全集がでて、経歴などもいまでははっきりしているのかもしれないが、このエピソードを読んだときには十蘭は自己韜晦の権化のような人物としてしか知らなかった。

だから、次のような万太郎の文章を読んでびっくりした。

「今月は、これでフデを擱く。

これから、久生十蘭の告別式に列するため、鎌倉へ行かなければならないからである。

久生十蘭といふ小説作家は知つてゐても、かれが、嘗て、阿部正雄といふ、〝築地座〟時代の、岸田國士系の、強情ガマン、役者泣かせの演出家だつたことを知るものは、いまや、たんとはさうゐないだらう。」（「一つの回想」）

句集『流寓抄』には「十月九日、久生十蘭告別式、鎌倉におもむく。」という前書きとともに、

秋しぐれ茫乎と海のくらかりき

文学座は、昭和十二年、万太郎と岸田國士、岩田豊雄が三人で築地八百善で呑んでいるときに創設する話がまとまった。初期のメンバーに長岡輝子がいる。

晩年の長岡は、幼いころに育ち、身体に沁みこんだ岩手の言葉で、宮沢賢治の作品を朗読し、いまでも聴き継がれている。彼女は明治四十一年に生まれ、二十歳そこそこで演技を学ぶためにフランスに留学した。昭和十二年から主に演出で文学座と関わっていた。か

たわら、女優として小津安二郎の『東京物語』、成瀬巳喜男の『山の音』、今井正の『にごりえ』などに出演している。のちには、公私ともに三島由紀夫と親しくなり、その作品の多くを演出している。

ところが、文学座にいたころには万太郎とはほとんど接点がなかった。一度、新派の『皇女和の宮』に出演しないかと誘いがあったときに、西欧演劇で育った、しかも、古典どころか、なにしろピランデルロやイヨネスコに出演していた人である、自分には不向きだと感じて断ったのに対して、万太郎特有の極端な恥ずかしがりからくる切り口上で、「そうですか。だが、もうこれからは知りませんよ」と返されたときからまったく交渉が絶えてしまった。だが、ウィーンでシュニッツラーの『アナトール』をみたとき、久保田万太郎の芝居を連想したという。

「私にはウィーン訛りとそうでないドイツ語との違いは全然わからないが、後で聞くところによると、ウィーン訛りでシュニッツラーの戯曲を演じられる俳優が絶滅寸前だと聞いて、久保田戯曲の下町言葉のできる俳優がほとんどいない日本の実情と重ね合せて感無量だった。」(『ふたりの夫からの贈りもの』)

文学座は西欧派の長岡輝子と日本派の杉村春子の巨頭が並び立っていたが、本人同士は演劇に対する価値観がまったく異なっていることがわかっていたので、きわめて仲がよかったと、長岡輝子は言っている。ときを経て、昭和五十五年、長岡輝子の会で彼女は『久保田万太郎――言葉の美学』を上演した。

泣虫の杉村春子春の雪

心性とは煎じつめれば、「人性」のことであり、万太郎はあるべき心性の姿を見極めようとした。そして、分析を通して単純な要素に還元し、それを組み立て直すなどという七面倒なことは、物語さえろくに構成しようとしない小説家である。複雑なものからなるたけ余分なものを引き離し、可能な限り、濾過、蒸留を繰り返すことで本質に迫ろうとした。

初期の名作「末枯」は、盲目になった初代柳家小せんをモデルにしていると言われるせん枝という噺家、かつては裕福で、芸人たちの「旦那」であったが家産がかたむき零落している鈴むらという男、そして扇朝というもう一人の噺家が主要な人物だと言っていいのだが、せん枝は扇朝のことを「義理を知らない」奴だと思っており、最近、扇朝が鈴むらさんのところに入り込んでいるのをなんとか忠告しようと思っている。

だが、せん枝は鈴むらと喧嘩別れになり、特にそれから和解することもない。

最後の場面、せん枝が「白銅」という噺の稽古をつける場面がある。「白銅」は「五銭の遊び」として、かろうじて五代目古今亭志ん生の音源が残っている。町内の若い衆が集まって話していると、五銭で女郎買いをしたという猛者がいる。後学のためにそのやり口を聴こうじゃないかということになる。するとその男が話すに、退屈しのぎにほうぼうをふらふらしていると、女郎が、助けると思ってあがってくれ、というが、五銭しかないのでどうにもならない、あんたいくら持ってんの、と聞かれて、五本の指を立てた、とにかくあがっとくれと引きずり込まれ、さあお金をと催促されたので、五銭をだした、「ずいぶんお前さんはつらのかわがあついね」「俺は薄くねえよ」

白銅とは明治二十二年に発行された五銭銀貨のことである。第二次世界大戦後になると、白銅といってもなんのことかわからなくなったので、志ん生が「五銭の遊び」という演題にしたのだという。売れないおいらんが五本の指を五十銭くらいだと間違えて客にする、話している若い衆の側からいうとばかばかしい、おいらんからするとかなしい、いかにも哀感にあふれる噺なのである（川戸貞吉『落語大百科』参照）。

せん枝はこう稽古をつける。

「四辺《あたり》はシインとして来る。音のするものは、手にとるやうに聞える、トオン、トン、トン、トンと上草履が階子を上つて行く音、犬の鳴声、金棒の音、新内の流し。……揚屋町の例の家を越して、左へ曲つた角店だ。二階障子へボンヤリ灯火《あかり》が映つてゐる。俺が曲らうとする途端に、爪弾の音が聞えた。……はてな、芸妓《げいしや》の上つてゐるやうな様子はなし、さりとて女郎が弾《ひ》く訳はなし。……」存在が心といりまじり、ほのかな光や爪弾きから立ち上ってくる。志ん生はせん枝のモデルとなった小せんによく稽古をつけてもらったというから、あるいはこの噺も教えてもらったのかもしれない。しかし、もちろんというべきか、欲望の人である志ん生の噺ではこうした部分はすっかり飛ばされている。

　冴ゆる夜のこゝろの底にふるゝもの

　晩年の「市井人」もまた、「末枯」と同じ程度の、中編といえばいえるが短編といっても文句をいう者はいないほどの長さで、「わたくし」が蓬里という俳人に入門するというだけの話で、「わたくし」は子供のころからこの俳人の噂は聞いていた。父親がいっぱしのディレッタントで、句会にも参加していたからである。その父親と店の相談役をしていた大西という老人が、小説の冒頭、蓬里に関する論議を戦わせるのだが、過去のこととして描いているのだというめくばせもなく、悪くいえば平面的なのが、物語や物語を支える因果関係にとことん興味がない万太郎の姿をよくあらわしている。「おやじ」が語っているから「わたくし」の記憶ということもありうるが、そもそもこの「わたくし」が作中の登場人物としての「わたくし」であるのか、より中性的な万太郎の視線を意図しているのかさえ判然としない。俳句を材料にしてとことん言葉を追いつめていく小説なのである。

随筆で万太郎はこう書いている。

「……コトバのいのちといふものは、かならずしもコトバそれ自身がもつてゐるものでなく、それをつかふ方法によつて、生きもすれば死にもし、光りもすれば錆びもし、神にもなれば悪魔にもなるものであります。

なぜか？

コトバのいのちといふものは、つねに、自然の低きにつくものだからであります。無理をすれば、すぐそのうそがみえ透くからであります。そして、うそがみえ透いたらさいご、死にもすれば錆びもし、いかな神でも悪魔になるのであります。」（「コトバのいのち」）

一めんのきらめく露となりにけり

文学であるからには、嘘のない心性を言葉にしなければならない。この唯心情論とでもいうべき立場を、万太郎は徳川夢声との対談で、「知性とは、洗錬された感情である。」（『問答有用』）と見事に言い切っている。ここで、先にあげた目を正常に働かせるための涙と、センチメンタルな目をかき曇らせる涙との吉田健一があげた決定的な違いを再び思い起こすべきだろう。

　万太郎は、嘘のない心を生涯、さまざまな分野で一貫して求めたことによって、類例を見ないプラトン的な作家だといえるかもしれない。

　プラトンは「第七書簡」のなかで、イデアへの階梯を示している。イデアに到達するには、次の四つ、つまり、第一に「示し言葉」、第二に「定義」、第三に「模造」、第四に「知識」を乗り越えることが必要である。

　例えば、知識と最も近しいところにあるのが「円そのもの」、つまり、円のイデアである。知識は、知覚された円と同様不完全なものでありうるし、科学や文学、あるいは想像力において、円は様々に変換され、本来の姿が見失われることがある。だがそうした、知覚の不注意や精神の激しい変換の背後には必ず「円そのもの」であるイデアがあってそれを見失うべきではない、と。あるいは、万太郎にとって心のイデアを成り立たせる本質こそがさびしさであり枯野であったのかもしれない。

　徳川夢声はいとう句会の仲間であり、『夢声戦争日記』にはしばしば万太郎が登場する。ある晩、万太郎は泥酔して、夢声の家に泊まることになった。すると、太鼓腹を天井に向け、際限なく臍を叩いては「俺はさびしい」といっていたらしい。不肖の弟子は一緒に臍を叩きながら「もっともです、もっともです」と慰めた。

　次の朝、「どういういきさつで、ここへ泊まることになったんです？」と万太郎は不思

議そうな顔をしている。朝飯をだすとキチンと座り直す。「オラクニナサイ」と夢声が声をかけると、

「いえ、あたしは育ちがいいから、食事は坐ります」

と言って笑った。

一句二句三句四句五句枯野の句

個人的なエピソードをもって終わりにしたい。私はたったひとつの句から万太郎の世界に接しはじめた。私が、はじめておぼえた明治以降の句であり、それからも、それ以降ももっとも愛している句である。

もうひとつ、数少ない友人のひとりに万太郎に風貌が似てるね、と言われたことがある。その男は若くして死んだが、中島敏之といい、『俳句の20世紀を散歩する』という瀟洒な本を残した。

神田川祭の中をながれけり

久保田万太郎　略年譜（年齢はすべて満年齢）

一八八九年（明治二十二）　零歳
十一月七日、東京市浅草区田原町に生まれる。父勘五郎、母ふさ。家は祖父万蔵の代より袋物製造販売業を営む。
一八九五年（明治二十八）　六歳
東京市立浅草尋常高等小学校へ入学。
一八九九年（明治三十二）　十歳
四月、高等科へ進学。
一九〇三年（明治三十六）　十四歳
四月、東京府立第三中学校（現・両国高校）へ入学。万太郎の二年後に芥川龍之介が入学。
一九〇六年（明治三十九）　十七歳
四年進級時に代数の成績が悪く落第、慶應義塾普通部三年に編入。
一九〇九年（明治四十二）　二十歳
三月、普通部を卒業し、慶應義塾の大学予科へ進学。
一九一〇年（明治四十三）　二十一歳
二月、慶應義塾文科の革新により、永井荷風が事実上の主任教授に就任、以降、万太郎は生涯にわたって荷風の影響を受ける。五月、荷風が主幹となり、「三田文学」が創刊される。

一九一一年（明治四十四）二十二歳
四月、本科へ進む。初めて書いた小説「朝顔」が「三田文学」六月号に掲載される。小宮豊隆の激賞により、一躍文壇の寵児となる。六月、徴兵検査を受け、第一乙種兵役免除となる。
一九一二年（明治四十五／大正元）二十三歳
二月、籾山書店から初めての小説・戯曲集『浅草』を刊行。四月、有楽座で劇団土曜劇場により万太郎作「暮れがた」が上演される。
一九一三年（大正二）二十四歳
一月、籾山書店より『雪』を刊行。この年、小説五作、戯曲二作を発表。慶應学内では佐藤春夫、堀口大学、水上瀧太郎、小泉信三らと親交を、また学外では小山内薫や吉井勇などの演劇関係者と交流を深める。
一九一四年（大正三）二十五歳
四月、慶應義塾大学部文科を卒業。この前後から、作品への自信を失い、この年はかろうじて戯曲一作と小説三作を発表する。十月、家産が傾き田原町の生家から駒形へ転居。十二月、妹はる逝去。
一九一五年（大正四）二十六歳
一月、小山内薫、吉井勇、木下杢太郎らと「古劇研究会」をつくり、その研究成果を「三田文学」に発表。
一九一六年（大正五）二十七歳
十月、平和出版社より初の随筆集『駒形より』を刊行。十一月、荷風が去った後の「三田文学」の継承を沢木梢、水上瀧太郎と決議。十二月、籾山書店相談役に就任。

一九一七年（大正六）　二十八歳

八月、小説「末枯」を「新小説」に発表。十月、幼少時より万太郎を厚く庇護した祖母千代が逝去。

一九一八年（大正七）　二十九歳

二月、駒形の家が隣家の火事で類焼。三月、当時明治生命大阪支店副店長だった水上瀧太郎を頼り大阪へ赴く。この時生まれて初めて箱根を越す。四月末、帰京し、浅草北三筋町に住む。

一九一九年（大正八）　三十歳

四月、慶應義塾大学嘱託となり、文学部予科の作文を担当。五月、国民文芸会理事に就任。六月、大場惣太郎の養女・京と結婚、浅草山谷八百善にて披露宴。同月、新富座にて新派により、小山内薫、吉井勇、長田秀雄、岡田八千代との五人合作「夜明け前」を上演、その二幕目を担当。

一九二一年（大正十）　三十二歳

三月、市村座にて泉鏡花「婦系図」を改訂、初めて演出を担当する。八月、長男耕一誕生。

一九二三年（大正十二）　三十四歳

九月、関東大震災で北三筋町の家が焼け、牛込区南榎町に仮寓する。十一月、両親弟妹と別れて日暮里渡辺町に転居、初めて親子三人の生活に入る。

一九二五年（大正十四）　三十六歳

四月、新橋演舞場開場。七月、東京放送局が本放送を開始し、「暮れがた」を放送劇として放送。

一九二六年（大正十五／昭和元）　三十七歳

一月、新潮社より「現代小説全集」の『久保田万太郎集』を刊行。三月、慶應義塾大学嘱託を辞す。六月、日暮里諏訪神社前へ転居。十月、久米正雄とともに東京中央放送局嘱託となる。十一月、春陽堂より『寂しければ』を刊行。

一九二七年（昭和二）　三十八歳

一月より雑誌「女性」に戯曲「大寺学校」を連載（五月まで）。四月、「短夜」を新劇協会にて上演・演出。五月、友善堂より初めての句集『道芝』を刊行。七月、芥川龍之介自殺。

一九二八年（昭和三）　三十九歳

一月、「大阪朝日新聞」に長編小説「春泥」を連載（四月まで）。八月、改造社より『新選久保田万太郎集』を、春陽堂より「日本戯曲全集」の『谷崎潤一郎・久保田万太郎・里見弴・泉鏡花篇』を刊行。十一月、築地小劇場にて小山内薫企画の「大寺学校」を上演。十二月、小山内薫急逝。

一九二九年（昭和四）　四十歳

一月、春陽堂より『春泥』を刊行。九月、春陽堂より「明治大正文学全集」の『久保田万太郎・水上瀧太郎篇』を刊行。十月、樋口一葉「十三夜」をラジオドラマに脚色、東京中央放送局にて放送する。

一九三〇年（昭和五）　四十一歳

十月、改造社より、「現代日本文学全集」の『久保田万太郎・長與善郎・室生犀星集』を刊行。

一九三一年（昭和六）　四十二歳

八月、東京中央放送局文芸課長（後に演芸課長兼音楽課長）に就任。

一九三四年（昭和九）　四十五歳

四月、水原秋櫻子らと「いとう句会」を発会、その後指導を続ける。五月、文体社より第二句集『も、ちどり』を刊行。六月、芝区三田四国町へ転居。

一九三五年（昭和十）四十六歳

五月、双雅房より第三句集『わかれじも』刊行。十一月、妻京が睡眠薬自殺を図り、逝去。

一九三六年（昭和十一）四十七歳

一月、芝区三田小山町へ転居。八月、双雅房より第四句集『ゆきげがは』を刊行。

一九三七年（昭和十二）四十八歳

九月、岸田國士、岩田豊雄らと文学座を創設するも、十月、創設者の一人友田恭助の戦死で第一回公演企画が頓挫する。

一九三八年（昭和十三）四十九歳

六月、「中央公論」に小説「花冷え」を発表。八月、東京中央放送局を辞す。十月、新生新派結成第一回公演の脚色・演出を手がける。

一九四〇年（昭和十五）五十一歳

一月、秋田に石坂洋次郎を訪ねる。三月、水上瀧太郎逝去。六月、「歌行燈」上演の補筆のため桑名へ赴く。十二月、島崎藤村の旧跡を小諸に訪ね、諏訪に遊ぶ。

一九四二年（昭和十七）五十三歳

三月、第四回菊池寛賞を受賞。同月、金沢に赴き、泉鏡花縁の人々を訪ねる。四月、内閣情報局の委嘱で満洲に赴く。五月、三田文学出版部より、『久保田万太郎句集』を刊行。

一九四三年（昭和十八）五十四歳

十一月、日本演劇社社長に就任。十二月、演劇視察のため上海へ赴き、約一ヵ月、キャセイホテル等に滞在する。

一九四四年（昭和十九）　五十五歳

三月、東京歌舞伎座閉鎖。四月、丹毒のため慶應病院へ入院。六月、長男耕一が教育召集、十月、召集解除。

一九四五年（昭和二十）　五十六歳

三月、芝区三田綱町へ転居。五月、東京歌舞伎座、新橋演舞場が焼失。五月二十四日の空襲で罹災し、家財・蔵書の一切を失う。六月、父勘五郎逝去。八月、母ふさ逝去。十一月、鎌倉材木座海岸へ転居。

一九四六年（昭和二十一）　五十七歳

一月、「春燈」を創刊、主宰し、雑詠選に当たる。十二月、三田きみと結婚。

一九四七年（昭和二十二）　五十八歳

一月、好学社より、折口信夫、小宮豊隆、佐藤春夫、里見弴、三宅正太郎監修による「久保田万太郎全集」の第一回配本・第四巻が刊行される。三月、長男耕一結婚。四月、慶應義塾評議員、國學院大學講師に就任。七月、日本芸術院会員となる。九月、芸術祭執行委員に就任。十一月、材木座の新居へ転居。

一九四八年（昭和二十三）　五十九歳

五月、生成会「心」の同人となる。九月、第二回芸術祭執行委員に就任。

一九四九年（昭和二十四）　六十歳

一月、NHKのため「祝宴」を書き下ろし、放送する。五月、日本放送協会理事に就任。「改造」七月号、九月号に小説「市井人」を発表する。八月、郵政審議会専門委員、九月、芸術祭執行委員、十月、文化勲章及び文化功労者選考委員、文化財保護専門審議会委員に就任する。

一九五〇年（昭和二十五）六十一歳

四月、里見弴、久米正雄、今日出海、小島政二郎と伊勢路を旅する。七月、改造社より、『市井人・うしろかげ』を刊行。

一九五一年（昭和二十六）六十二歳

一月、新装歌舞伎座が初開場。三月、歌舞伎座にて菊五郎一座のため舟橋聖一「源氏物語」を演出、NHK放送文化賞を受ける。四月、第二次日本演劇協会設立、会長に就任。五月、国際演劇会議に出席のため、ノルウェーのオスロへ赴く。イギリス、フランス、イタリアを経て、六月、帰国。

一九五二年（昭和二十七）六十三歳

三月、創元社創元文庫より、句集『冬三日月』を刊行。七月、日本文藝家協会名誉会員に。八月、ユネスコ国内委員に就任。十月、再度、文化勲章及び文化功労者選考委員に就任。

一九五三年（昭和二十八）六十四歳

十二月、俳優座劇場株式会社会長に就任。

一九五四年（昭和二十九）六十五歳

二月、角川書店より、「昭和文学全集」の『久保田万太郎・岸田國士集』を刊行。四月、共立女子大学講師となる。

一九五五年（昭和三十）六十六歳

六月、文京区湯島へ転居。八月、「銀座百点」の座談会に出席、以降、死の前月まで毎月出席を続ける。十月、三たび、文化勲章及び文化功労者選考委員に就任。

一九五六年（昭和三十一）　六十七歳
二月、筑摩書房より「現代日本文学全集」の『久保田万太郎・水上瀧太郎集』を刊行。十一月、日中文化交流使節として中華人民共和国へ派遣される。

一九五七年（昭和三十二）　六十八歳
一月、前年中央公論社より刊行された小説集『三の酉』で読売文学賞を受賞。二月、長男耕一が肺結核で逝去（享年三十五）。妻きみと別居し、港区赤坂伝馬町に愛人三隅一子と隠栖。十一月、文化勲章受章。十二月、日本演劇代表として中華人民共和国へ赴く。

一九五八年（昭和三十三）　六十九歳
七月、筑摩書房より、『心残りの記』を、十一月、文芸春秋新社より、生前最後の句集となる『流寓抄』を刊行。

一九五九年（昭和三十四）　七十歳
十一月、古稀のお祝いを行う。

一九六〇年（昭和三十五）　七十一歳
十一月、三隅一子とともに港区福吉町へ転居。十二月、胃潰瘍の悪化で断酒。

一九六一年（昭和三十六）　七十二歳
一月～二月、文学座創立二十五周年記念公演のため、森本薫「女の一生」を演出。四月、糖尿病治療のため慶應病院へ入院。がんの疑いのため手術を受ける。六月、退院。八月、三度目の入院、退院後、箱根で静養。

一九六二年（昭和三十七）　七十三歳

五月、病後の花柳章太郎のため「遅ざくら」を書き下ろす。これが最後の戯曲となる。十一月、慶應義塾に対し、死後、著作権の一切の寄贈を申し出る。十二月、三隅一子逝去。心の支柱を失い、また酒に親しむ。

一九六三年（昭和三十八）

一月、慶應病院へ入院、二月、退院。四月、広島での久保田万太郎賞俳句大会に出席。日本放送作家協会賞授賞式に出席。五月四日、富安風生主宰「若葉」四百号記念大会に出席、六日、中村汀女主宰「風花」十五周年大会に出席。その帰途、慶應病院に稲垣きくの病状を見舞い、帰宅後、夕刻、市ヶ谷の梅原龍三郎邸での美食会に出席。談笑中、突如苦悶の後倒れ、意識不明となる。午後六時二十五分慶應病院にて逝去。享年七十三。八日、従三位勲一等に叙せられる。幡ヶ谷火葬場にて荼毘に付され、築地本願寺で通夜、九日、築地本願寺にて葬儀。本郷赤門前喜福寺に埋葬される。

※主要参考文献『久保田万太郎全集』第十五巻（中央公論社、一九六八年）、『日本近代文学大事典』第一巻（講談社、一九七七年）、『増補改訂　新潮日本文学辞典』（新潮社、一九八八年）、『久保田万太郎の俳句』（ふらんす堂、一九九五年）

（編集部編）

【底本】
『久保田万太郎の俳句』　ふらんす堂　一九九五年一〇月刊

久保田万太郎《くぼたまんたろう》の俳句《はいく》

成瀬《なるせ》櫻桃子《おうとうし》

二〇二一年八月六日第一刷発行

発行者――鈴木章一

発行所――株式会社 講談社

東京都文京区音羽2・12・21 〒112-8001

電話 編集（03）5395・3513

販売（03）5395・5817

業務（03）5395・3615

デザイン―菊地信義

印刷――豊国印刷株式会社

製本――株式会社国宝社

本文データ制作―講談社デジタル製作

定価はカバーに表示してあります。

講談社文芸文庫

ISBN978-4-06-524300-8

講談社文芸文庫

河井寛次郎	蝶が飛ぶ 葉っぱが飛ぶ	河井須也子—解／鷺 珠江——年
川喜田半泥子	随筆 泥仏堂日録	森 孝——解／森 孝——年
川崎長太郎	抹香町｜路傍	秋山 駿——解／保昌正夫—年
川崎長太郎	鳳仙花	川村二郎—解／保昌正夫—年
川崎長太郎	老残｜死に近く 川崎長太郎老境小説集	いしいしんじ—解／齋藤秀昭—年
川崎長太郎	泡｜裸木 川崎長太郎花街小説集	齋藤秀昭—解／齋藤秀昭—年
川崎長太郎	ひかげの宿｜山桜 川崎長太郎「抹香町」小説集	齋藤秀昭—解／齋藤秀昭—年
川端康成	一草一花	勝又 浩——人／川端香男里—年
川端康成	水晶幻想｜禽獣	高橋英夫—解／羽鳥徹哉—案
川端康成	反橋｜しぐれ｜たまゆら	竹西寛子—解／原 善——案
川端康成	たんぽぽ	秋山 駿——解／近藤裕子—案
川端康成	浅草紅団｜浅草祭	増田みず子—解／栗坪良樹—案
川端康成	文芸時評	羽鳥徹哉—解／川端香男里—年
川端康成	非常｜寒風｜雪国抄 川端康成傑作短篇再発見	富岡幸一郎—解／川端香男里—年
上林暁	聖ヨハネ病院にて｜大懺悔	富岡幸一郎—解／津久井 隆—年
木下杢太郎	木下杢太郎随筆集	岩阪恵子—解／柿谷浩——年
木山捷平	氏神さま｜春雨｜耳学問	岩阪恵子—解／保昌正夫—案
木山捷平	鳴るは風鈴 木山捷平ユーモア小説選	坪内祐三—解／編集部——年
木山捷平	落葉｜回転窓 木山捷平純情小説選	岩阪恵子—解／編集部——年
木山捷平	新編 日本の旅あちこち	岡崎武志—解
木山捷平	酔いざめ日記	
木山捷平	［ワイド版］長春五馬路	蜂飼 耳——解／編集部——年
清岡卓行	アカシヤの大連	宇佐美 斉—解／馬渡憲三郎—案
久坂葉子	幾度目かの最期 久坂葉子作品集	久坂部 羊—解／久米 勲——年
窪川鶴次郎	東京の散歩道	勝又 浩——解
倉橋由美子	蛇｜愛の陰画	小池真理子—解／古屋美登里—年
黒井千次	たまらん坂 武蔵野短篇集	辻井 喬——解／篠崎美生子—年
黒井千次選	「内向の世代」初期作品アンソロジー	
黒島伝治	橇｜豚群	勝又 浩——人／戎居士郎—年
群像編集部編	群像短篇名作選 1946〜1969	
群像編集部編	群像短篇名作選 1970〜1999	
群像編集部編	群像短篇名作選 2000〜2014	
幸田 文	ちぎれ雲	中沢けい—人／藤本寿彦—年
幸田 文	番茶菓子	勝又 浩—人／藤本寿彦—年

▶解=解説 案=作家案内 人=人と作品 年=年譜を示す。 2021年8月現在

幸田文——包む　荒川洋治——人／藤本寿彦——年
幸田文——草の花　池内紀——人／藤本寿彦——年
幸田文——猿のこしかけ　小林裕子——解／藤本寿彦——年
幸田文——回転どあ｜東京と大阪と　藤本寿彦——解／藤本寿彦——年
幸田文——さざなみの日記　村松友視——解／藤本寿彦——年
幸田文——黒い裾　出久根達郎-解／藤本寿彦——年
幸田文——北愁　群ようこ——解／藤本寿彦——年
幸田文——男　山本ふみこ-解／藤本寿彦——年
幸田露伴——運命｜幽情記　川村二郎——解／登尾豊——案
幸田露伴——芭蕉入門　小澤實——解
幸田露伴——蒲生氏郷｜武田信玄｜今川義元　西川貴子——解／藤本寿彦——年
幸田露伴——珍饌会 露伴の食　南條竹則——解／藤本寿彦——年
講談社編——東京オリンピック 文学者の見た世紀の祭典　高橋源一郎-解
講談社文芸文庫編-第三の新人名作選　富岡幸一郎-解
講談社文芸文庫編-大東京繁昌記 下町篇　川本三郎——解
講談社文芸文庫編-大東京繁昌記 山手篇　森まゆみ——解
講談社文芸文庫編-戦争小説短篇名作選　若松英輔——解
講談社文芸文庫編-明治深刻悲惨小説集 齋藤秀昭選　齋藤秀昭——解
講談社文芸文庫編-個人全集月報集 武田百合子全作品・森茉莉全集
小島信夫——抱擁家族　大橋健三郎-解／保昌正夫——案
小島信夫——うるわしき日々　千石英世——解／岡田啓——年
小島信夫——月光｜暮坂 小島信夫後期作品集　山崎勉——解／編集部——年
小島信夫——美濃　保坂和志——解／柿谷浩一——年
小島信夫——公園｜卒業式 小島信夫初期作品集　佐々木敦——解／柿谷浩一——年
小島信夫——[ワイド版]抱擁家族　大橋健三郎-解／保昌正夫——案
後藤明生——挾み撃ち　武田信明——解／著者——年
後藤明生——首塚の上のアドバルーン　芳川泰久——解／著者——年
小林信彦——[ワイド版]袋小路の休日　坪内祐三——解／著者——年
小林秀雄——栗の樹　秋山駿——人／吉田凞生——年
小林秀雄——小林秀雄対話集　秋山駿——解／吉田凞生——年
小林秀雄——小林秀雄全文芸時評集 上・下　山城むつみ-解／吉田凞生——年
小林秀雄——[ワイド版]小林秀雄対話集　秋山駿——解／吉田凞生——年
佐伯一麦——ショート・サーキット 佐伯一麦初期作品集　福田和也——解／二瓶浩明——年
佐伯一麦——日和山 佐伯一麦自選短篇集　阿部公彦——解／著者——年

講談社文芸文庫

多和田葉子	かかとを失くして｜三人関係｜文字移植	谷口幸代──解／谷口幸代──年
多和田葉子	変身のためのオピウム｜球形時間	阿部公彦──解／谷口幸代──年
多和田葉子	雲をつかむ話｜ボルドーの義兄	岩川ありさ─解／谷口幸代──年
多和田葉子	ヒナギクのお茶の場合｜海に落とした名前	木村朗子──解／谷口幸代──年
多和田葉子	溶ける街 透ける路	鴻巣友季子─解／谷口幸代──年
近松秋江	黒髪｜別れたる妻に送る手紙	勝又 浩──解／柳沢孝子──案
塚本邦雄	定家百首｜雪月花(抄)	島内景二──解／島内景二──年
塚本邦雄	百句燦燦 現代俳諧頌	橋本 治──解／島内景二──年
塚本邦雄	王朝百首	橋本 治──解／島内景二──年
塚本邦雄	西行百首	島内景二──解／島内景二──年
塚本邦雄	秀吟百趣	島内景二──解
塚本邦雄	珠玉百歌仙	島内景二──解
塚本邦雄	新撰 小倉百人一首	島内景二──解
塚本邦雄	詞華美術館	島内景二──解
塚本邦雄	百花遊歴	島内景二──解
塚本邦雄	茂吉秀歌『赤光』百首	島内景二──解
塚本邦雄	新古今の惑星群	島内景二──解／島内景二──年
つげ義春	つげ義春日記	松田哲夫──解
辻 邦生	黄金の時刻の滴り	中条省平──解／井上明久──年
津島美知子	回想の太宰治	伊藤比呂美─解／編集部──年
津島佑子	光の領分	川村 湊──解／柳沢孝子──案
津島佑子	寵児	石原千秋──解／与那覇恵子─年
津島佑子	山を走る女	星野智幸──解／与那覇恵子─年
津島佑子	あまりに野蛮な 上・下	堀江敏幸──解／与那覇恵子─年
津島佑子	ヤマネコ・ドーム	安藤礼二──解／与那覇恵子─年
坪内祐三	慶応三年生まれ 七人の旋毛曲り 漱石・外骨・熊楠・露伴・子規・紅葉・緑雨とその時代	森山裕之──解／佐久間文子─年
鶴見俊輔	埴谷雄高	加藤典洋──解／編集部──年
寺田寅彦	寺田寅彦セレクション Ⅰ 千葉俊二・細川光洋選	千葉俊二──解／永橋禎子──年
寺田寅彦	寺田寅彦セレクション Ⅱ 千葉俊二・細川光洋選	細川光洋──解
寺山修司	私という謎 寺山修司エッセイ選	川本三郎──解／白石 征──年
寺山修司	戦後詩 ユリシーズの不在	小嵐九八郎─解
十返肇	「文壇」の崩壊 坪内祐三編	坪内祐三──解／編集部──年

徳田球一
志賀義雄 ─獄中十八年　鳥羽耕史─解
徳田秋声─あらくれ　大杉重男─解／松本 徹─年
徳田秋声─黴|爛　宗像和重─解／松本 徹─年
富岡幸一郎-使徒的人間 ─カール・バルト─　佐藤 優─解／著者─年
富岡多惠子-表現の風景　秋山 駿─解／木谷喜美枝-案
富岡多惠子編-大阪文学名作選　富岡多惠子-解
土門 拳─風貌|私の美学 土門拳エッセイ選 酒井忠康編　酒井忠康─解／酒井忠康─年
永井荷風─日和下駄 ─名　東京散策記　川本三郎─解／竹盛天雄─年
永井荷風─[ワイド版]日和下駄 ─名　東京散策記　川本三郎─解／竹盛天雄─年
永井龍男─一個|秋その他　中野孝次─解／勝又 浩─案
永井龍男─カレンダーの余白　石原八束─人／森本昭三郎-年
永井龍男─東京の横丁　川本三郎─解／編集部─年
中上健次─熊野集　川村二郎─解／関井光男─案
中上健次─蛇淫　井口時男─解／藤本寿彦─年
中上健次─水の女　前田 塁─解／藤本寿彦─年
中上健次─地の果て 至上の時　辻原 登─解
中川一政─画にもかけない　高橋玄洋─人／山田幸男─年
中沢けい─海を感じる時|水平線上にて　勝又 浩─解／近藤裕子─案
中沢新一─虹の理論　島田雅彦─解／安藤礼二─年
中島 敦─光と風と夢|わが西遊記　川村 湊─解／鷺 只雄─案
中島 敦─斗南先生|南島譚　勝又 浩─解／木村一信─案
中野重治─村の家|おじさんの話|歌のわかれ　川西政明─解／松下 裕─案
中野重治─斎藤茂吉ノート　小高 賢─解
中野好夫─シェイクスピアの面白さ　河合祥一郎-解／編集部─年
中原中也─中原中也全詩歌集 上・下 吉田凞生編　吉田凞生─解／青木 健─案
中村真一郎-この百年の小説 人生と文学と　紅野謙介─解
中村光夫─二葉亭四迷伝 ある先駆者の生涯　絓 秀実─解／十川信介─案
中村光夫選-私小説名作選 上・下 日本ペンクラブ編
中村武羅夫-現代文士廿八人　齋藤秀昭─解
夏目漱石─思い出す事など|私の個人主義|硝子戸の中　石﨑 等─年
成瀬櫻桃子-久保田万太郎の俳句　齋藤礎英─解／編集部─年
西脇順三郎-*ambarvalia*|旅人かへらず　新倉俊一─人／新倉俊一─年
丹羽文雄─小説作法　青木淳悟─解／中島国彦─年

成瀬櫻桃子
久保田万太郎の俳句
小説家・劇作家として大成した万太郎は生涯俳句を作り続けた。自ら主宰した俳誌「春燈」の継承者が哀惜を込めて綴る、万太郎俳句の魅力。俳人協会評論賞受賞作。
解説=齋藤礎英　年譜=編集部
なV1
978-4-06-524300-8

水原秋櫻子
高濱虚子　並に周囲の作者達
虚子を敬慕しながら、志の違いから「ホトトギス」を去り、独自の道を歩む決意をした秋櫻子の魂の遍歴。俳句に魅せられた若者達を生き生きと描く、自伝の名著。
解説=秋尾　敏　年譜=編集部
みN1
978-4-06-514324-7